ST警視廳科學特搜班

黃色調查檔案

目次

ST警視廳科學特搜班——黃色調查檔案

1

事發現場是在足立區神明南二丁目一幢小公寓的其中一戶。那是一幢老舊的公寓，沒有自動門鎖。每一層樓有四戶，每一戶都是兩房兩廳的格局，共五層樓。換句話說，這裡住了二十戶人家。

不，實際上未必如此，因為也有可能一間裡有好幾戶人家同住。

百合根友久站在這二十戶公寓的某一戶門口，那屋裡躺著四具屍體。

「混帳東西，給我閃！」

身後突然有人大吼，百合根嚇得從門口彈向室內。

在隆隆烘亂的腳步聲中，一群人從百合根面前經過，他們有的身穿西裝有的著運動服也有人穿著大衣，每張臉都殺氣騰騰，眼帶血絲，臉色慘黃，泛著油光，個個睡眠不足的樣子。

百合根懾於這群人的氣勢，愣在一旁。

走廊上傳來更響亮的咆哮：「你們才是混帳！這位可是警部大人吶。」

一回頭，菊川吾郎就站在門口。他是警視廳刑事部搜查一課的部長刑警，剛進屋那群人氣勢壓不倒的資深員警。

那群人為首的西裝男說：「這不是阿菊嗎？」

菊川傲視著那名男子，西裝男朝縮在門口旁的百合根瞄了一眼。

「警部大人？高考組的？」

「沒錯。」菊川說，「你是忙到連禮貌都忘了？」

西裝男對著百合根說：「真是失禮了。」那語氣可不像是認為自己有什麼失禮。西裝男的年紀大約四十五左右，和菊川相仿，頭髮看來好像已經很久沒上理髮廳，西裝也相當陳舊。

「這位是綾瀨署的塚原，強行犯科（編按：相當於臺灣的刑事組）的部長刑警，和我是警校同學。」

菊川這麼說，百合根點點頭。

從他眼前闖進來的這群人是綾瀨署的員警，機動搜查隊和鑑識人員最先到，其次是百合根和菊川，緊接著轄區綾瀨署的偵查員也抵達了。

「屍體有四具，女性兩人，男性兩人，都是二十歲左右。」菊川說。

「屋裡有炭烤爐，窗戶以膠帶封起來，門上的信箱用毛巾塞住。」百合根接著說。

「在場大部分的人應該都有同樣的想法。」

百合根也有同感。

年輕人集體自殺，吸入炭烤爐裡的木炭所產生的一氧化碳中毒死亡。

「是誰報的警？」百合根問菊川。

「住在隔壁的人說是感覺不太對，心裡怪怪的，到陽台收衣服的時候，望向這間的陽台，發現門窗從裡面以膠帶貼住窗縫，於是打了一一〇。從紀錄來看，報警的時間是晚間十一點二十三分。」

「要是更早發現的話，也許他們就不會死了。」

「想這些是沒用的，警部大人。」

菊川似乎發現有人從走廊過來，他放下扶著門框的手，朝那號人物一看，旋即輕輕行了一禮。

從百合根所在之處看不到來者是誰，但他心裡有譜，因為菊川向他使了一個眼色。

果不其然，來者是川那部警視。川那部是檢視官，本來檢視（在命案現場相驗屍體）是由檢察官在醫生的陪同下進行，然而實際上是由警察體系裡的檢視官執行，稱為代行檢視。

檢視官的判斷可說具有絕對的效力，偵查員幾乎不會對檢視官的判斷有所質疑。要擔任檢視官，必須具有警視以上的職級，十年以上的辦案經驗，並且要修滿一定時數的法醫學。

川那部檢視官在門口站定，環視室內，當他注意到百合根時，皺起眉頭。

「又是你？」

「我是奉命前來。」

「奉誰的命？」

「管理官。」

「哪個管理官？」

明知故問，百合根心想。

百合根所隸屬的警視廳科學特搜班（Scientific Taskforce）簡稱為ST，由三枝俊郎管理官統轄，三枝的職級和川那部一樣是警視，而聽說川那部和三枝是死對頭。

「算了，先看狀況再說。」川那部走進屋裡，把轄區的偵查員推開。

綾瀨署的塚原毫不掩飾地將不滿寫在臉上。

看來這個塚原很難相處，百合根心想。

菊川彷彿看穿了他的心情，說：「綾瀨署忙得不得了，偵查員連睡覺的時間都沒有，就算增設了竹之塚署，但也是杯水車薪，綾瀨署的同事個個都累癱了，才會這樣殺氣騰騰。」

這件事百合根也聽說過，但他是高考組的，欠缺在轄區派出所值勤的實務經驗，因此知道是知道，但沒有真實感。聽菊川這麼一說，才發現綾瀨署的人真的都是一有機會就要咬人的樣子。

「啊——」只聽到一個突兀的聲音。

ST的成員青山翔難得第一個來到現場。綾瀨署的偵查員都聽到這悠哉的哈欠，所有人不約而同往青山瞪，他們下一瞬間的反應，不是痴痴地注視著青山的臉，就是驚訝得睜大了眼睛，這些百合根早已見怪不怪了。

青山相貌美得驚人，端正的臉龐配上絲絹般柔順的頭髮，每次看到別人對青山的反應，百合根都深感美果然具有力量。青山是心理學專家，在ST負責文書鑑定，從筆跡鑑定到人物側寫無不精通。

綾瀨署偵查員還是緊盯著青山的臉，也許說是看呆了比較貼切。

青山帶著一臉睡意環視室內，看不出是否特別在觀察什麼，或只是漫不經心地四處看。

「你還在睡啊？看你好像還沒清醒。」菊川問。

「我是早睡晚起。」

「真好命，警察可是二十四小時待命。」

「我又不是警察。」

青山這句話顯然會刺激綾瀨署的人，百合根捏了一把冷汗，但從他們臉上看不出反感，可能是為青山的美貌失了心魂，他說了什麼都充耳不聞。

接著出現的ST成員，讓這群綾瀨署偵查員的反應更激動。

結城翠以她一向會有的裝扮前來：胸襟大開的上衣搭短得嚇人的裙子，她總是一身暴露，豐胸肥臀，一雙修長又不失圓潤的腿。

翠是ST的物理專家，尤其專精於音聲，即使集綾瀨署偵查員的視線於一身，仍不為所動，她在門外將長髮盤起牢牢固定，接著戴上手套。

「聽說有四具非自然死亡的屍體？」翠望著屍體說。

「對。」百合根回答。

這時候，只見綾瀨署的年輕偵查員竊竊私語咬起耳朵。

糟了，百合根悄悄觀察翠的表情，她果然狠狠瞪向那兩個人。

「只會在那邊說什麼看到我的內褲，你們什麼證據也沒找到吧？」

綾瀨署的兩個年輕人一臉驚愕地看著翠，一動也不敢動，一旁的其他偵查員也顯得十分驚訝。也難怪，他們不知道翠是順風耳，她的聽覺異常發達，具有絕對音感，能夠分辨出別人聽不到的細微聲響，也能聽見一般人聽不到的音頻。

「在吵什麼？」赤城左門的聲音在身後響起。他的聲音低沉響亮，頭髮亂得恰到好處，臉頰和下巴總是冒著鬍碴，大概是因為時間的關係吧，今天的鬍碴似乎比平常來得濃，但也使他更多了分慵懶粗獷的男人味。

「喂，不要亂碰我的獵物。」

赤城一開口，這回換鑑識人員一起回頭，只見川那部檢視官緩緩起身，轉過頭來說：「又是你啊。」

赤城回他：「彼此彼此。」

「我有權驗屍，醫生只要陪同即可，你就站在旁邊看吧！」

「醫生？」一名有年紀、一看就知道是資深老手的鑑識人員問。

赤城回答：「沒錯，我是醫生，專攻法醫學。」

「既然這樣，應該看一眼就知道了吧，每一具屍體都跟活著一樣是帶有血色，嘴唇也是紅的。」

「讓我看看屍斑的顏色。」

資深鑑識人員回答：「從這邊看起。」

赤城走向最靠窗的那具男性屍體，本來四散於室內分別在採指紋、拍照的鑑識人員也深感興趣，全都湊了過來。

赤城翻開死者的衣服，看看屍斑便說：

「沒錯，鮮豔的粉紅色，是一氧化碳中毒的特徵。」

「不要擅自亂碰大體！檢視是我的工作。」川那部說。

赤城完全不理他，又看了其他屍體，不知不覺鑑識人員都聚到他身邊。

「每具屍體的屍斑都是鮮豔的櫻花色，說明了他們是一氧化碳中毒。」赤城說。

「窗縫貼了膠帶，門上的信箱也塞住了。」資深鑑識人員說，「沒有打鬥的痕跡，屍體也沒有傷痕，看來是集體自殺。」

另一個鑑識人員接著：「可是沒有找到遺書，這有點不尋常。」

又有另一個鑑識人員說：「他們搞不好是網友，以前就發生過在自殺網站上認識的網友相約集體自殺的案子，也許是仿效他們。」

還有另一個鑑識人員也表達意見：「如果是這樣的話，他們可能會把遺言之類留在那個網站的留言板上。」

「喂！」川那部不悅地說，「查案是刑警的工作。」

資深鑑識人員朝川那部看了一眼，然後對赤城說：「你說你是法醫學專家是吧？這個狀況你怎麼解讀？」

「一氧化碳中毒，死亡過程應該沒有受什麼苦，就是感到視野侷促，意識不清，最後失去意識，死亡。」

資深鑑識人員點點頭，再次投入工作，其他鑑識人員也散開了。

川那部瞪著赤城，百合根看著這個狀況心裡暗自緊張，黑崎勇治悄然無聲地從他身邊經過。黑崎在ST是第一化學專員，專長是化學事故、瓦斯外洩等方面的鑑定，嗅覺異常發達，能夠分辨微量藥物的味道。他以前的同事都叫他「人肉嗅覺感測器」。所謂的嗅覺感測器，指的是氣相嗅覺感測器，是一種分析成分的機器。

當然，鼻子再怎麼靈，也不可能與真正的嗅覺感測器相比，但就像香水調香師，或是香道大師，他們能分辨微量香料，顯然人類的嗅覺也不能小覷。

黑崎除了異常發達的嗅覺外，還擁有另一項專長，就是精通好幾門古武道。他沉默寡言，極少說話，身材高大，行動卻像貓一般靈巧，幾乎令人感覺不出他的動靜。

最後到場的ST成員是山吹才藏，他身穿作務衣（編按：僧侶日常工作時所著的衣服）。

綾瀨署的塚原說：「誰啊？誰叫和尚來的？」

對百合根來說，這種反應已經司空見慣了，每當山吹出現在命案現場，一定會有人說這種話。山吹是ST的第二化學專員，藥學專家，家裡是曹洞宗寺院，他本身也具有僧籍，是貨真價實的僧人。

菊川對塚原說：「他也是ST的人。」

「ST的人？」

偵查員全都訝異地看著山吹。

山吹看了現場的狀況後說：「真令人痛心。」接著走近四具屍體：「先讓我為他們誦個經吧。」

山吹開始唸起般若心經，偵查員和鑑識人員也停下手邊的工作，神情肅穆，這也是一貫的反應，山吹經常在偵查現場誦經，到目前為止還沒有偵查員表示過異議，就連川那部也低頭聽他誦經。百合根聽說過，愈是經驗豐富的偵查員，就愈相信鬼神之說，他們對山吹在現場誦經持正面的態度，也許就是因為深信有鬼神。

般若心經一唸完，現場就好像解除了錄影機的暫停般，所有偵查員和鑑識人員又動了起來。

綾瀨署的偵查員依川那部的臉色行事；赤城傍若無人，自顧自檢視屍體；翠雙手交叉架在胸前，看著赤城做事；青山照樣漫無目的地環顧室內。

赤城叫黑崎：「有沒有什麼藥物的味道？」

黑崎靠近屍體，過了一會兒，他來到赤城身邊，在他耳邊低聲說了什麼。

赤城說：「酒精和耐妥眠？耐妥眠不是安眠藥嗎？」

「怎麼了？」資深鑑識人員問赤城。

「屍體有微量酒精味，還有這四個人的汗中帶有服用過耐妥眠的人特有的味道。」

「什麼意思？」

「死者很有可能在死前曾服用安眠藥。」

鑑識人員面面相覷。

「這是自殺，任誰來看都很明顯。」川那部檢視官站起來說道。

百合根也覺得這不是一般自殺，是年輕人集體自殺，看來媒體又要大肆炒作了。

「不解剖嗎？」赤城問川那部。

川那部皺起眉頭，彷彿光是和赤城交談就令他感到不快。

「沒那個必要。」

「至少要做藥物檢測。」

「藥物檢測？為什麼？」

「為了慎重起見，死者可能服用了安眠藥。」

「就算是，也不能否認是自殺，他們是燒了炭，全體服用安眠藥。」

「是嗎？」

「你想對我找碴？」

「我只是不想出錯。」

「意思就是說我的判斷有誤？」

川那部顯然在賭氣。百合根認為原因在於開口的人是赤城，假如是由別的人開口，想必川那部也不會為了一個藥物檢測這樣刁難。

百合根正想打圓場時，青山開口了：「看起來的確像自殺，不過這間房子是怎麼搞的？」

川那部看著青山：「什麼意思？」

偵查員全將視線落在青山身上，百合根也看著青山。

「這裡沒有人生活的樣子，既沒有廚餘，也沒有舊報紙和雜誌之類的，太乾淨了。」

綾瀨署的塚原說：「這一點我也覺得奇怪。」

青山說：「還有，那些貼窗縫的膠帶，也貼得太亂了吧？看起來好像急著貼上去似的。膠帶上有驗出指紋嗎？」

負責採指紋的鑑識人員回答：「沒有，沒有驗出指紋。」

「這不太自然吧？」

菊川若有所思地說：「的確是有點怪。」

綾瀨署的塚原說：「這麼說，就不能完全否決他殺這條線了。」

川那部不作聲，再次環視室內，他一定是在青山提出之後才開始注意到這些事實。

百合根對川那部說：「就算是自殺，也不是單純的自殺。一旦變成集體自殺，事情就不簡單，為慎重起見還是將屍體送去解剖吧？」

川那部思索著，可能是在想要更改一度說出口的結論真是恥辱。他就是這麼愛面子。

終於，川那部開口：「好吧，的確是不單純，但自殺就是自殺。」

他一說完，便摘下手套，走向門口。

2

「查出四人的身分了。」塚原說。

現場初步偵查翌日早上，ST成員和菊川被請到綾瀨署的小會議室。

「園田健，十九歲；吉野孝，二十歲；田中聰美，十九歲；須藤香織，二十一歲。」

塚原淡淡地將筆記唸出來。

綾瀨署負責這個案子的只有塚原和一個姓西本的年輕刑警兩人。塚原和西本平常就搭檔辦案，西本大約三十歲左右，但百合根覺得他已經有獨立刑警的強悍神情，想必是在最前線綾瀨署磨練出來的吧。塚原穿西裝沒打領帶，西本則是薄夾克。

「那麼這四個人的關係是？」菊川問。

「還不知道。」塚原冷冷地說。

「不是在自殺有關的網站上認識的？」

「目前還沒有這方面的情報。」

「那幢公寓是分戶出售的嗎？」

「對，屋齡二十年的中古屋。」

「屋主是誰？」

「問過房仲，是一名叫阿久津昇觀的男子，還沒有向本人確認過。」

「哦！阿久津昇觀？」山吹說。

塚原抬眼看山吹，大家都一起向山吹行注目禮，百合根代表發問：「你認識嗎？」

「只知道名字，因為是同行。」

塚原依舊抬眼看著山吹，問：「所以是警界的人？」

「不，是和尚。」

「和尚？」

「是的，我不知道他是什麼教派，但聽說他有自己的信徒，從事精神救濟之類的活動。」

塚原又問：「精神救濟？聽起來好像新興宗教啊。」

「大概相去不遠吧。」

「可是，」百合根說，「既然是和尚，從事精神救濟也是理所當然的吧。」

「其實，和尚是不做這種事的。」山吹說得乾脆。

「大乘佛教的宗旨不就是要拯救大眾嗎？」

「救人的不是和尚，是佛法，和尚只是傳釋尊之法而已。」

「這不重要啦。」菊川板著臉說。

「不，這不是很有意思嗎？」塚原抓抓他的一頭亂髮，「換句話說，這個叫阿久津昇觀的傢伙，是騙人的？」

「可能真的有僧籍也不一定。」

「和尚真正的任務是什麼？」

「修行。」

「修行要幹嘛？」

「求得內心的平靜。」

「要怎樣才能求得內心的平靜？」

「捨棄。」

「捨棄什麼？」

「一切。」

「一切？」

「對，就是出家。捨棄金錢、房舍，也捨棄血親，捨之又捨，捨棄自我，最後連捨棄這個念頭都要捨棄，到了這個境界，心就安了。」

「那不是空空如也嗎？」

「對，那是最理想的。」

「可是，現代的和尚個個都死要錢不是嗎？聽說京都的花柳街都是和尚在消費哩。要辦葬禮，取個戒名就要收一大筆錢；盂蘭盆節就是賺錢節，到處賺啊。」

「那是佛道變成宗教以後的事，自古的祖先崇拜和佛道結合的結果。」

「怎麼說？」

「佛的教義嚴謹地說，不是宗教。」

「佛教不是宗教？那是什麼？」

「應該和黑崎在練的武道比較接近吧？剛才不是說過嗎，修行就是一切。」

「那法力和神蹟之類的又如何解釋呢？」

「大多是騙人的把戲。但若持續嚴格的修行，有時沉睡的能力會醒來。人類一生大約只用到三成的腦，透過修行活化其餘沒用到的部分，也許會發生所謂的超能力現象。黑崎練的武道也一樣吧，在一般人眼中，武道高手也等於擁有超能力。」

「真是夠了！」菊川不耐煩了，「應該先去找那個什麼阿久津吧！」

塚原不懷好意地笑了：「你還是一樣，急吼吼的。」

「對，我就是急，每個刑警都一樣吧。」

「我在這個警署學到很多，警察的工作是長跑賽，全力衝刺撐不了多久。」

「反正，」菊川顯然很焦躁，「在那個叫阿久津的傢伙名下房子裡死了四個年輕人，就有必要把阿久津查清楚。」

「我知道，我去看看。和尚，你也一起來。」

「我嗎？」

「對！你們同行嘛，應該可以提供些意見。」

「啊，我也一起去。」

青山這麼說，百合根吃了一驚，畢竟他看上去一如往常地一臉慵懶。

「你是心理學專家是吧？」塚原說。

「對。」

「可能幫得上忙。好，你也來吧。」

「啊，我也去。」百合根連忙說，他認為有必要同行監視，免得青山搞出什麼離譜的飛機。

「那麼，警部大人也跟我一起去摸清楚他跟死者的關係。阿菊，拜託你跟我們家西本到現場附近查訪。醫生和其他人，就等鑑識報告吧。」

「好。」赤城說，「交給我吧。」

黑崎無言地點點頭。

「我想再去現場看一下。」翠說。

塚原像是看著什麼耀眼的東西般瞇著眼望向翠說：「那麼，妳就和阿菊一起去現場吧。好啦，趁屁股還沒生根，趕緊出動吧！」

西本朝翠看了一眼，顯得頗為高興，一定是為了能夠與翠一起行動而開心吧，只要是男人都會如此，百合根心想。菊川似乎也注意到西本的神情，他那張臭臉瞬間看來比平常更不悅了。

塚原他們查到阿久津的住址，並非自宅，而是他所主持的社團之所在地。這個名為「苦樂苑」的宗教法人，設於代代木上原的一棟樓，四層樓的建築，占地雖然說不上大，但每一層樓都歸苦樂苑使用。

「看樣子，建築物是他們自己的。」塚原站在一樓大門前，仰望著大樓說。「不愧是宗教法人啊！不然哪買得起地段這麼好的房子。」

該棟建築位在山手通西側，面對距離商店街稍遠的大馬路旁，四周是住宅區，應該蠻舒適的，百合根心想。

「宗教法人說起來也很多種，也有很多是很窮的。」山吹說。

「可是，不必繳稅吧？」

「沒有收入的話，無論什麼團體都不必繳稅。」

「我說的是那些賺大錢卻不用繳稅的人。」對塚原的問題，山吹沒有回答，神情平靜依舊，但心裡可能覺得不舒服吧？百合根猜想。從來沒看過山吹生氣的樣子，然而他也是人，也會有覺得無聊或是不高興的事，只是他不讓喜怒形於色。

塚原邊開門邊對山吹說：「幸好你今天沒穿作務衣或袈裟來。」

「袈裟不是用穿的，是用披的……」

門一開，裡面是一個不小的大廳。因為沒有窗戶從外面看不見，裡面擺了三組沙發和茶几，空間很寬敞，照明不太亮也不太暗，感覺很舒適。

青山什麼都沒說，掃視著這個大廳。

裡面有一個像是鄉鎮醫院櫃台的窗口，塚原一走近，立刻有一名年輕女子露臉，是個沒有化妝、感覺很樸素的女子，身穿毛衣搭牛仔褲，裝扮也很質樸。她以笑臉迎向塚原，只是那笑臉好似是硬擠出來的，見塚原打開警察手冊，出示身分證明和警徽，那張笑臉就顯得更加不自然了。

「請問，有什麼事？」

「我們想見阿久津昇觀先生。」

櫃台年輕女子的視線掃過百合根和山吹，才答：「請稍候。」

他們等了一會兒。終於，另一名女子出現在櫃台前。這名三十歲左右的清瘦女子，也給人樸素的印象，長髮在腦後紮成一束，上身是白色襯衫外加深藍色開襟衫，穿著過膝的寬鬆裙子。

「我帶幾位去見當主，這邊請。」

百合根等四人跟著她爬上樓梯，看樣子這棟建築沒有電梯。一路爬到四樓，塚原有點喘。

眼前出現了一扇沉重的木門，門上閃現厚重的光澤。百合根心想，這材質恐怕要價不斐。

「就是這邊。」

深藍色開襟衫的女子說完，便敲了門。敲門聲被厚厚的門板吸了進去，只發出微弱的聲響。

「請進。」有個聲音這麼說，開襟衫女子便打開了門。

門後比百合根料想得簡樸得多，一進去右側牆上是書架，上面擺了滿滿的書，左側是文件櫃，正面是一張面向門口的書桌，桌上擺著電腦，搭配不占空間的薄型液晶螢幕。

背著窗、面向書桌的，便是阿久津昇觀。

他比想像中還年輕，大約三十五歲吧，和百合根想像的類型不同。因為是自稱宗教家，組織了教團的人，還以為會更古怪，然而實際上，若要用一句話來形容阿久津昇觀，就是他像個學者，雖是出家人，卻沒有剃髮，甚至還留著不短的頭髮，服裝打扮也像是普通人，穿著褐色的高領毛衣。

他戴著無框眼鏡，一看到百合根等人便站起來。這麼一來，就看得到他穿著牛仔褲，與一般宗教團體的教祖形象大異其趣。

「我正想跟警方聯絡。」阿久津昇觀一臉沉痛地說。「我看到電視新聞了，有四名年輕人集體自殺，知道地點就是我在足立區的房子，我大吃一驚。」

塚原說：「電視報紙都沒有公開案發地點的住址才對，你去過現場了嗎？」

「房仲打電話給我，警方曾經向房仲詢問屋主的事吧？」

塚原點點頭。

「幾位請先坐。」阿久津昇觀指了指房間中央偏左的一小套客桌椅。沙發擺成L字型，從阿久津那裡可以看到所有落座的人的面孔。

塚原首先坐下，接著是百合根，再其次是青山，最後是山吹。

塚原率先發問：「你住在那間房子裡嗎？」

「不，不是的。我住在這裡。」

「這裡不是教團的建築嗎？」

「教團？哦，你是說苦樂苑嗎？是的，這裡是苦樂苑的房子。」

「你住在這裡，那麼稅金等等的，不是會很複雜嗎？」

「為什麼？」

「宗教法人不須賦稅，但一旦作為住所，就可能要課固定資產稅之類有的沒的。」

「僧人住在寺廟裡，禰宜（編按：神職之一，主掌祭祀之事）和神官不也住在神社裡。」

「原來如此，這裡就等同於你的廟嗎？」

「是的，只要是祭祀神明的地方，就是堂堂寺院。」

「那麼，足立區的房子是為何而買的？」

「原本是預定作為分院。」

「分院？苦樂苑的分院？」

「是的。」

「你們還有其他分院嗎？」

「沒有。我們是個小團體，現在才正準備要在足立區成立頭一個分院。」

「那裡平常都沒有上鎖嗎？」

「沒有的事，我們都會上鎖，只不過裡面也沒放什麼值錢的東西就是了。」

「那麼，為什麼那四個人會死在那裡？」

「電視和報紙並沒有報導往生者的名字，也沒有公開照片，若知道往生者的姓名，也許能知道理由。」

塚原點點頭，打開他帶來的活頁筆記本，唸出在那間房子裡死亡的四人之名。

百合根觀察著阿久津昇觀的反應，青山漫不經心地望著書架。一聽到那四個人的名字，阿久津昇觀悲傷地嘆了一口氣，垂下眼睛，露出傷痛不已的神情。

塚原問：「你認識這些人嗎？」

「四個人我都認識，是我們的信徒。」

「哦？」

阿久津昇觀面露苦惱：「怎麼會去自殺呢？」

「信徒都有那裡的鑰匙嗎？」

彷彿塚原的這個問題要傳到腦中需要一些時間似地，只見阿久津昇觀稍加停頓之後才抬起頭：「沒有，並不是。」

「那麼，他們四個人怎麼進去的？」

「這個，要查過才知道。」

「這很重要，你知道誰有那裡的鑰匙嗎？」

「知道，當然知道。」

「誰有呢？」

「我有，然後帶各位到這裡的山縣也有，她是最早期的信徒，我正考慮把足立分院交給她。」

「換句話說，她就是足立分院的負責人了？」

「是的。」

「請告訴我她的全名。」

「山縣佐知子。」

「其他呢？」

「其他還有……」阿久津昇觀的表情忽然沉了下來：「篠崎雄助。」

百合根發現，阿久津昇觀並不太想提這個人，塚原也注意到了。

「手上有預定作為分院的那間房的鑰匙，可見得這位篠崎雄助在你們這裡應該也是位居要職吧？」

「他本來是內弟子。」

「內弟子？」

「意思是出了家住在這裡。」

「出家？」

「他雖然是個虔誠的信徒，但太過拘泥於法理規範了……，一週前離開了這裡。」

「換句話說，他和你對立？」

「我們有些地方確實是意見相左，我毋寧是歡迎他的，但是篠崎似乎不這麼想。」

「歡迎？」

「是的，因為我認為無條件地接受我的想法是很危險的。」

「我倒覺得這不太像宗教家的想法。」

阿久津昇觀無力地笑了：「我們經常受到這樣誤解，大概是部分邪教的影響吧。的確，邪教是靠著教祖絕對的個人魅力而成立，有時候這些個人魅力是被塑造出來的，就是這些人會說自己的教導是至高無上，不容許信徒任何批評，這不是一個正派宗教該有的做法。」

「可是，弟子批評教祖的話，信仰不就不成立了嗎？」

「這是誤解，不經批評而接受的想法是經不起考驗的。批評是需要面對，而我也有說服對方的自信。要克服批評，才能得到真正的理解，所謂的信仰，應是如此。」

塚原唐突地朝山吹看：「你覺得這番意見如何？」

百合根不禁轉頭去看塚原。話題偏了——他這麼覺得。

山吹不慌不忙地回答：「我認為很正確。」

「但是，基督教也好，伊斯蘭教也好，都不容許批評啊，對神全盤接收才叫信仰不是嗎？」

「一神教是有這樣的一面沒錯。所謂的基督教，是猶太教的耶穌派；伊斯蘭教也是穆罕默德這位先知向世人傳遞神啟，換句話說，在當時都是新興教派。耶穌和穆罕默德也高唱神的絕對論，但是釋尊不同。釋尊對弟子的疑問，時而講以深入的考察，時而給予思考的提示，時而出謎題。釋尊的教導不是宗教而是哲學。」

阿久津昇觀意味深長地看了山吹一眼，問塚原：「不好意思，請問這一位是？」

塚原說：「本廳科學搜查研究所的人。科學特搜班，一般稱為ST，他是其中一名成員山吹才藏。」

「科學特搜班？看起來很像同行。」

山吹從容點頭：「是的，我也有僧籍，家裡經營寺院，屬於曹洞宗（編按：

禪宗的主要流派之一，提倡「只管打坐」）。」

「果然是啊。」

塚原問阿久津昇觀：「你本來是佛教的吧？」

「現在也是佛教的僧人。」

「宗派呢？」

「我不認同所謂的宗派，我認為我們要盡可能原原本本地接受釋尊深湛的思考。」

塚原問：「換句話說，你是原教旨主義？」

「是的，從最初的意義來看是原教旨主義沒錯。」

「可是，要取得僧籍，一定要到某個宗派修行、剃度才行啊？」

「對，我有臨濟宗（編按：同為禪宗的主要流派之一，主張修行不離日常生活）的僧籍。」

「原來如此，」塚原的手臂在胸前交叉，「臨濟禪是要參公案（編按：修行者與禪師之間的問答叫做「公案」，思索禪師為何這樣回答即為「參公案」）的嘛，所以你才會有接受批評、加以說服的想法啊。」

知道的還真多——百合根心想，接著恍然大悟。從他們在綾瀨署的時候，他就覺得奇怪了，塚原一定是對宗教很有興趣，搞不好是個宗教狂，所以話才會愈問愈偏。

「請問……」百合根說，「那麼，那位篠崎先生現在在哪裡？」

他感覺氣氛當場刷地冷下來，塚原一臉掃興地看了百合根一眼，阿久津昇觀輕輕乾咳一聲後回答：「我不知道。」

百合根問：「有沒有他的住址之類的？」

「他本來住在這裡，後來離開了，所以我不知道他現在住在哪裡。」

「有沒有人知道？像是和他特別要好的人？」

阿久津昇觀露出有些困惑的表情，然後立刻重振精神說：「請你去問山縣，信徒的事她大多都知道。」

他那一閃而逝的困惑讓百合根感到奇怪，連一個本來是內弟子的人的去向都不知道，也許他只是對此感到丟臉，也許是有別的理由。但願青山看出了什麼端倪，百合根心中暗自期待，然而青山卻照樣只是望著書架。

塚原顯得老大不高興地看了百合根一眼，可能是因為他深感興趣的宗教話題被潑了冷水，讓他大為掃興吧，百合根覺得好像做了什麼對不起他的事。

「好的，我們會去請教山縣小姐。」百合根說。

塚原問阿久津升觀：「那麼，關於死去的那四人，他們是什麼關係？」終於讓話題回到查訪上了嗎？百合根鬆了一口氣。

阿久津回答：「他們都是信徒，但有沒有什麼特定的關係，我就不清楚了。」

「這個也是山縣小姐會比較知道嗎？」

「嗯……」阿久津昇觀無力地回答。

「他們有沒有向你吐露過什麼煩惱？」

塚原這麼一問，阿久津昇觀一臉不可思議地看著他：「這問得奇怪，大家都是為此才來這裡的啊。」

這回換塚原意外了：「來吐露煩惱嗎？」

「是的。信徒來向我求救，我則是盡可能開導，我認為這是宗教在現代一個非常重要的功能。」

塚原想了一會兒，然後發問：「他們為了什麼樣的事情煩惱？」

阿久津昇觀將頭一偏：「這個……，很多，像是戀愛、工作、或是將來……，每件都是小事，但累積起來，有時候就會招致不幸的結果。是我力有未逮，他們選擇在新分院的預定地自殺，也許是為了表達對我的憤怒。」

「憤怒？」

「來求救的人，若是發現我沒有解救的能力，有時候會大為失望、心存怨懟，年輕人更是如此。」

「原來如此。但是，這當中有個問題。」

「問題？」

「我們還沒有斷定這是自殺。」

「什麼意思？電視和報紙都說是集體自殺。」

「這個嘛，最後也許會證明是自殺，但是目前並沒有說不是他殺。」

阿久津昇觀眉頭深鎖：「他殺？不會吧。」

「哎，其實只是還沒有完全排除這個可能性而已……」

塚原問完了。他闔上活頁筆記本，表示他問話結束。

「請問，最後能不能請教一下教團的規模和平常的活動？」

阿久津昇觀點點頭。

「苦樂苑成立於一九九五年，起初類似小型社團，後來在一九九七年法人化，現在信徒約有三百人，活動主要是在東京都內，但信徒遍及北海道、九州、沖繩。」

百合根有點意外。

「你們成為宗教法人才六年左右不是嗎？卻已經在全國各地都有信徒了？」

「因為透過網路，教團網站的參觀人數也與日俱增。」

「原來如此。那麼，平常會舉行什麼樣的活動？」

「修行，以冥想和辯論為主。」

「冥想和辯論，」塚原插進來，「也就是禪定和公案嗎？」

「若說禪定和公案，就會變成一種形式，但我們不受形式束縛，隨時隨地都能修行，我認為這才是釋尊的教誨。」

塚原又問山吹：「關於這一點，你有沒有什麼要說的？」

「沒有，」山吹說，「我認為阿久津先生說的一點也沒錯。」

「這是你的真心話？」

「只是，形式也有其意義。所謂的儀式，是為了讓先進的智慧正確無誤地流傳後世而存在。即使經年累月、改朝換代，儀式和儀禮都能夠維持原樣傳承下來。儘管有流於形式的可能，但只要能夠正確地理解，我認為承襲形式也有其道理。」

阿久津昇觀點點頭：「想到身後之事，我也認為留下某種程度的形式化制度是有必要的。但是苦樂苑才剛誕生不久，比起拘泥於形式，我認為不如先追求本質。」

百合根觀察山吹的表情，平靜依舊。

青山則換成望著阿久津的書桌。他為什麼會開口說要跟著來查訪呢？百合根感到不解。

「還有什麼別的問題嗎？」阿久津昇觀對百合根說。

百合根問：「有沒有信徒來向你表示實在是太煩惱了而想要自殺？」

「當然有。」阿久津昇觀面不改色地說，「現在的年輕人動不動就說想死。」

百合根點點頭。青山突然問：「對這些說想自殺的人，你都怎麼回答？」

「無論對哪個信徒都一樣，首先得先認識自己，因此只專注於自身是不行的，得透過別人才能了解自己的價值，所以才需要辯論，然後再經由冥想慢慢導正扭曲的思想。」

「扭曲的思想？」青山問。

「對。現代的特徵之一就是資訊氾濫，人們經媒體、網路接觸大量資訊。這些媒體是在短短數十年間發展出來的，成長於只有報紙和收音機時代的人就會發覺其中的異常。但是，對於出生時就有電視、有記憶以來就有網路的世代，他們不知道這是異常的，所以他們就無法自行判斷。現在年輕人的特徵之一就是不會主動思考，思考能力的成熟度跟不上四周的資訊，冥想可以暫時打斷這些資訊，進而訓練應有的思考能力。」

「原來如此。」青山說。

「現在大多數年輕人都不看書。看書可以刺激主管理性的額葉，額葉不夠發達的年輕人情緒不穩定，也缺乏想像力，但這不是年輕人的責任，他們本身無能為力，是讓世界變成這樣的人們該負責。」

百合根覺得阿久津昇觀的話突然變多了，想必是青山的問題戳中了他的要穴。

青山更進一步問：「你好像看很多書？」

「對，閱讀也是我的興趣。」

「哦，興趣？」

「說是興趣，不如說是修行之一。閱讀是需要訓練的，看書這個行為本身就是一種精神訓練，不習慣閱讀的人很難集中精神，常常同一個地方會看好多次，而慣於閱讀的人，馬上就能進入文字的世界，這和冥想也是相通的。」

「你是說，看書這件事，是為了得到符合本身思考能力的資訊之手段？」

「不止是書，報紙也可以。人類已經處於文字文化中好幾千年了，直到現在我們都還是在文字的文化之中。」

「網路的BBS和簡訊也是文字吧。」

「怎說？」

「年輕人接觸的大量資訊，絕大多數都是文字啊，他們偏愛傳簡訊，反而不愛直接打電話，這一點你怎麼看？」

「BBS或簡訊跟文章不一樣。」

「哪裡不一樣？」

「那是瑣碎的資訊，所寫的都不是完整的文章，我認為要連續閱讀一定的量，才能達到訓練的效果。」

「……」青山只說到這裡，就默不作聲了，大概是覺得無趣了吧。

塚原看了百合根一眼，是無聲地問還有沒有事情要問。

百合根對阿久津昇觀說：「謝謝你寶貴的時間。」

塚原跟著說：「以後可能會再來向你請教，到時候再麻煩你。」

3

百合根等人下了樓梯。

「聽了阿久津的話，有沒有什麼收穫？」百合根小聲問青山。

「沒有。」

「可是，你不是問了很多問題嗎？」

「我只問了兩個。對那些想自殺的人都說什麼、還有網路的BBS和手機簡訊也是文字，這一點他怎麼想，就這兩個問題，才沒有問很多。」

「我以為你問問題是有什麼目的。」

「哪來的目的啊，只是覺得有疑問就問了。」

雖然每次都這樣，但還是難免感到大失所望，哎，也罷。憑青山的本事，不久他一定會找到什麼的，百合根決定這麼想。

來到一樓櫃台，塚原表明想與山縣佐知子談談。

山縣佐知子態度沉著地前來接待，將四人帶到位於後方的小包廂。後方有好幾間加裝了隔音設備的小包廂，百合根覺得簡直就像錄音室，這裡大概就是他們冥想、辯論的地方吧。一進去發現空間大小正好就跟偵訊室差不多，但比偵訊室舒服多了。

山縣佐知子也知道有四名信徒死於預定作為分院的房子裡。塚原將死去的四人姓名告訴她，山縣佐知子皺著眉，那樣子好像是無法理解別人說的話，隨著塚原的話在她腦海裡開始有了明確的意義，她的表情也轉為驚訝。

她睜大了眼睛，嘴巴半開，露出一口漂亮的牙齒。沒有化妝，髮型也很樸素，之前沒有發現原來她有張美麗的臉。百合根再次見識到，所謂的美，是多麼曖昧不明。像青山那種壓倒性的美，在世上反而是稀有的，特別是人類的美醜受到個人偏好的左右，山縣佐知子的美，不是引人注目的那種，淡薄得一不注意就會錯過。然而，她的五官的確很美，細窄的鼻梁，長長的眼睛，肌膚白皙細緻。

「往生的，是那四位啊。」她終於開口了，語氣彷彿是在祈禱消息有誤。

塚原點點頭，就事論事地說：「這四位確實都是你們這裡的信徒吧？」

山縣佐知子仍是一臉驚訝，大概是對他們已死這件事還沒有真實感吧。

「他們四個很要好嗎？」

「嗯。」

她的表情變得有些猶豫，看起來似乎有所隱瞞，百合根也注意到了。

塚原繼續發問：「他們是在這裡認識的嗎？」

「我想，應該是。」

「妳的回答不是很明確啊。」

「園田和吉野好像本來就是朋友。一開始是吉野成為我們的信徒，他再找園田來的。」

百合根看筆記加以確認。園田健與吉野孝。園田健十九歲，吉野孝二十歲。

山縣佐知子繼續說：

「田中和須藤是兩個人一起來的，記得她們好像是公司的同事。」

田中聰美十九歲，與須藤香織二十一歲，是公司裡的前輩和後輩嗎？

「他們是什麼關係？」

山縣佐知子再度皺起眉頭：「什麼關係？」

「嗯，兩名男性和兩名女性，他們關係是不是特別親密。」

「這我就不清楚了，就算是，我也很難知道。」

塚原問了身為警察應該問的事。男女同數，會懷疑有男女關係是當然的，而百合根認為山縣佐知子的回答也算正常。阿久津昇觀說苦樂苑是修行的地方，相信人們很難會在這種地方公開男女交往之事。

「他們是在同一間房子裡一起死的，就算有特別的關係也不足為奇。」

塚原說。

「他們的確是經常一起行動。」

「是兩對情侶嗎？」

「他們一群有五個人。」

「五個人？」

「是的。」

「這麼說，他們還有一位同伴了？」

「嗯。」

「這位的姓名是？」

「町田智也。」

「年齡？」

「我記得和園田同年，我想是十九歲。」

「妳有他的住址嗎？」

「嗯，辦公室應該有。」

「可以提供嗎？」

山縣佐知子一瞬間顯得遲疑，但馬上就說：「請稍等。」便離開了房間。

塚原望著半空若有所思。

百合根開口說道：「一群五個人當中，死了四個，這一點你怎麼想？」

「啊？」塚原一副嚇到似地看著百合根。

「還有一個人活著呀？」

「也就是說，警部大人，你懷疑這裡面有犯罪的可能？」

塚原也跟著菊川喊百合根「警部大人」了。

「不，也不是真的懷疑啦。」

「什麼，真教人失望，害我還期待你開竅了呢。」

「咦？」

「當然會懷疑啊，我們是警察吔。哦，還是警部大人不算警察？」

百合根覺得被瞧不起了。

「偵查切忌妄下判斷吧？」

「可是，懷疑是偵查的第一步。」

「人不可貌相喔。」青山突然開口。

塚原朝青山看：「你在說什麼？」

「我是在說頭兒。」

「頭兒？警部大人嗎？」

「對，頭兒的直覺不容小覷。」

「哦？」塚原毫不客氣地打量百合根，百合根覺得好不自在，這時候山縣佐知子回來了，他鬆了一口氣。

「這是住址和電話。」她將便條紙交給塚原。

塚原看著那張便條紙說：「世田谷區梅丘一丁目，電話是手機吧。」

塚原把便條紙遞給百合根，百合根把資料抄在筆記裡，又還給他。

「你們要去找他嗎？」山縣佐知子問塚原，塚原點點頭：「嗯，是的。」

「不能不去打擾他嗎？」

「為何？」

「集體自殺的事，他多半已經看到電視新聞得知了，要是知道那四個人是和他很親近的信徒，一定會非常震驚。」

「我們必須找他談談。」

山縣佐知子垂下眼睛。

塚原繼續說：「我們也想請問篠崎雄助的事。」

「篠崎和他們四人自殺有什麼關係嗎？」

「不知道，所以才要查。目前已知只有三個人有那間房子的鑰匙，阿久津和妳，還有就是篠崎雄助了吧？」

「是的。」

「聽說篠崎失蹤了？」

「失蹤？」

「據說他離開這裡了。」

「是的，可是說失蹤也太誇張了。」

「是因為和阿久津對立之類的關係嗎？」

「他是因為意見不同，才離開苦樂苑，只是這樣而已。」

百合根問：「要加入、退出都是自由的嗎？」

「當然，我們不是什麼邪教。」

塚原問：「妳知道篠崎雄助去哪裡嗎？」

山縣佐知子搖搖頭：「很遺憾，我不清楚。」

「他離開這裡之後，就沒有聯絡了？」

「是的。」

「他離開的時候，是否把足立區那間房子的鑰匙留下來呢？」

「我沒有確認這件事。」

「要問誰才知道？」

山縣佐知子想了一會兒才回答：「既然我不知道，恐怕就沒有任何人知道了。我想鑰匙應該還在篠崎那裡。」

「他要走的時候，你們沒有人要求他把鑰匙交出來？」

「沒有吧，我想誰都沒有想到鑰匙的事。」

「有沒有誰和篠崎較熟？」

「篠崎從苦樂苑創立時就是信徒了，和他最熟的是當主。」

「換句話說，他的輩分比其他信徒還高？」

「信徒之間沒有上下之分，但如果就修行深淺來說，是的，他是最接近當主的人。」

「妳在教裡的地位也很高吧？畢竟足立分院本來是要交給妳？」

「如果篠崎沒有離開，理當會成為分院的負責人。」

「妳和篠崎雄助也很熟吧？」

「嗯，畢竟我們多年來一起修行。」

「妳也是內弟子嗎？」

「不是，我是居家信徒，當主目前不收女性內弟子。」

「除了你們，還有沒有誰和他比較熟。」

「我沒有印象。」

「如果有篠崎雄助的消息，請立刻通知我們。」

「請問，」山縣佐知子繞著圈子說，「自殺都調查得這麼詳細嗎？」

「是的，這是我們的工作。」塚原答道。

一出苦樂苑，百合根就對塚原說：「所以篠崎雄助是阿久津昇觀的內弟子，而且是教團的幹部對吧。」

「那又怎麼樣？警部大人。」

「這表示他是個積極投入的信徒，可是他卻離開了教團。阿久津昇觀和山縣佐知子都說那純粹是基於意見的對立，但應該是相當嚴重的對立吧？」

「也許。但這跟四個人的死有什麼關係？」

「這個嘛……」百合根無話可說。的確，就算阿久津昇觀和篠崎雄助嚴重對立，也可能和四人的死無關，他覺得自己說了無聊透頂的話。

但只聽山吹說：「也許是教團內的派系鬥爭，讓四名年輕人感到絕望。」

塚原瞪著山吹說：「派系鬥爭怎麼會讓人絕望？」

「信徒是為了得到救贖才來找阿久津昇觀的吧，他們處於精神極度不穩定的狀態，可是假如這時候阿久津昇觀上演了醜陋的派系之爭，使他們對這個世界感到悲觀也不足為奇。」

「哼！你又知道囉。」

「或者，也許他們被捲入了派系鬥爭。」

「你是說他們因此被殺害？」

「有這個可能吧？」

「雖然不是零，但我認為可能性很低。」

「也許並沒有嚴重的對立。」青山這麼說。

塚原問：「怎麼說？」

「某一個時期對於事物過度熱中，往往會在短時間內冷卻。人就是這樣，無法對一樣事物持續保持高度的關心和興趣。」

「那你是說，他是膩了所以離開教團？」

「要成為內弟子，就是要捨棄過去的日常生活不是嗎？當然會有風險。對事物非常投入的人，會下意識期待回報，很多人都想要盡快得到結果。」

「那你對山縣佐知子有什麼看法？」塚原問，「她深受阿久津昇觀的信賴，分院都要交給她。」

「女性的話，通常會與男女間的感情有所牽扯。」

「你是指戀愛？」

「這也是可能性之一，但是有很多時候是起因於家庭方面的情結，女性容易有向所歸屬的集團尋求假性家庭關係的傾向。」

「你是說，山縣佐知子受到阿久津的吸引？」

「我認為是這樣沒錯。」

「篠崎雄助離開苦樂苑，原因也有可能是和阿久津昇觀爭奪山縣佐知子的三角關係……」

百合根聽到這句話吃了一驚，的確並非不可能，但是有必要連這個都加以猜疑嗎？

「可是啊，」塚原自言自語，「這年頭都有人會跟網路上認識的人一起自殺了，在宗教團體裡認識的年輕人集體自殺也沒什麼好奇怪的。」

「死去的四個人是苦樂苑信徒一事一經公開，媒體就會殺到這裡來了。」百合根說。

「那是遲早的問題，就算警方沒有公開，媒體也差不多快打探出來了。宗教團體和集體自殺，都是媒體最愛的題材。」

百合根只能點頭認同。塚原問：「他看起來像受到傷害嗎？」

「咦？」

「阿久津昇觀啊！教裡的信徒集體自殺了，等於是說他救不了內心痛苦的信徒。」

「很難說呢。」百合根往山吹看，山吹無言地看著腳邊。

青山也什麼都沒說。

4

町田智也一個人住在梅丘的公寓。那是一幢位於住宅區的兩層樓老公寓，外觀與一般民宅無異，一樓是房東在住，房東家的大門外另有樓梯，那裡才是公寓的入口，町田智也住在上樓之後的第二間。一敲門，立刻有人應門。

「警察。」

木製門開了一個縫，門縫後露出一雙不安的眼睛。

「町田智也先生嗎？」

塚原打開警察手冊，出示警徽和身分證件。門縫依然沒有變大，門後是一張年輕人膽怯的臉。頭髮沒有染，髮型既不長也不短，沒有特色。現在滿街都是棕髮、金髮或長髮的年輕人，這樣的髮型反而引人注目。

「警察？什麼事？」咬字不清，也顯得很害怕。

「你知道足立區公寓死了四名年輕人的新聞嗎？」塚原問。

「我在電視上看到了。」

塚原告訴他死去四人的姓名。聽著這些名字，驚訝之色漸漸在町田智也的臉上擴散，他驚疑不定地皺起眉頭，嘴巴半開。百合根心想，反應跟山縣佐知子很像。

「你認識這四個人吧？」

塚原一問，町田智也便反射地點頭。

「你和這四個人是什麼關係？」

「我和園田是大學同學，和吉野是因為園田在網路上認識他，後來我也一起參加網聚認識的。」

「網聚？」

「網友的聚會，也就是在網路以外的地方碰面。」

「你也認識田中聰美和須藤香織吧？」

「嗯。」

「怎麼認識的？」

「那個……在有點像社團的地方認識的。」

「什麼樣的社團？」

町田智也一副在想該怎麼講的樣子。談話間，門漸漸開了，可以清楚看見他的服裝。他穿著深綠色的毛衣，圓領的領口裡翻出格子襯衫的領子，下身穿著牛仔褲。

被刑警問到問題時，很少人從一開始就能清楚具體地回答，絕大多數都是模糊不清，然後警方再進一步追問，百合根從經驗中慢慢學到這一點。町田智也一臉找不到適當用詞的表情說：「一個像宗教的地方。」

「宗教團體嗎？」

「嗯，啊，對。」這個回答也很模糊。

「那個團體叫什麼名字？」

塚原要町田智也親口說出明確的事實。假如這時候町田智也說了另一個答案，那他就是基於某種理由說謊。

「叫苦樂苑。」

町田智也沒有說謊。

「由阿久津昇觀主持的團體是吧？」

「是的。」

「我們想詳細請教一下。」

一瞬間，町田智也顯現猶豫之色。然後，怕冷般縮起脖子，說聲請進。

房間很小，是間套房，一進門就是廚房，門旁邊就是流理台，再進去是鋪木地板的房間，絕大部分都被床占領了。盡頭的牆上有個鐵架，電視、錄影機、遊戲機都放在架上。房間很亂，到處都是雜誌、衣服，床也很亂。青山應該會很喜歡這個房間，百合根心想。

青山有秩序恐懼症，極端討厭整理得乾淨整齊的地方，據他本人的說法，這是極度潔癖的反動。

房間裡有一張小小的茶几，但不可能擠得下所有的人。暖氣似乎是空調式的，房間裡面很暖和。廚房則是冷冰冰的，他們只能站在廚房問話。門關起來過了一會兒，後面房間的暖氣也傳到廚房來了。

「聽說你和那四個人很要好？」

「請問，自殺的真的是那四個人嗎？」

「沒有錯。」

「真不敢相信。」町田智也有些茫然。

百合根心想，也難怪，一次死了四個好友。

「很遺憾，但很多事情我們必須加以調查。」塚原說。

町田智也看上去像是勉強維持著不讓自己崩潰的樣子。

塚原開始發問：「最近那四個人有何異狀否？」

「異狀？」

「有沒有什麼和平常不一樣的地方？」

「和平常不一樣？沒有啊。」

「像是談到自殺啦，找你商量什麼。」

「那是常有的事，跟平常一樣。」

百合根不禁去看塚原，塚原也和百合根對看了一眼。

「具體上是誰說了什麼樣的話？」

塚原的視線回到町田智也身上問，町田智也一副不知道如何回答的樣子。

「呃，這個嘛……」

「提到自殺這個話題的是誰？」

「大家。」

「大家？你是說，所有人都在談自殺嗎？」

「是的。」

「你們說了什麼，可以舉個例嗎？」

「要死的話，怎麼死才最不痛苦，之類的。」

「這是誰說起的？」

「誰喔？我不知道，不知不覺中就會聊到。」

「隨便聊一下就會講到自殺去啊？」塚原自言自語般說。

「吉野都會用手機在自殺板回文。」

「自殺板？」

「網站的自殺板，就是BBS啊。」

「說到這，曾經發生過年輕人在自殺相關的網站上認識相約集體自殺的案子，那次也是燒炭自殺。你是說你們受到那個自殺案的影響？」

「這誰都想得到啊。」町田智也說得乾脆，語氣簡直像思考各種自殺的方法是天經地義一般。

「你們平常都是五個人一起行動吧？」

町田智也眼中出現警戒之色。

「也不是每次都在一起。」

「可是，在苦樂苑的時候都是一起的，沒錯吧？」

「是誰說的？」

「誰說的不重要，我是問你這是不是事實。」

刑警不會回答受訪者的問題，百合根知道這是刑警的技巧之一。警察不接受不明確的回答，但對於對方的發問大都避而不答。

町田智也猶豫了一下，終於說：「嗯，去苦樂苑的時候，大部分都是一起去。」

「苦樂苑想去就能去嗎？」

「誰都可以想去就去。」

「去那裡做什麼？」

「修行。」

「怎麼修行？」

「照指導員排的課表做，有時候是冥想，有時候是和指導員辯論。」

「你說的指導員，是怎麼排的？」

「一開始苦樂苑會幫我們排，不過如果想指定的話，也可以請指定的人教。啊，不過一般會員是不能請當主直接指導。」

「你指名過誰嗎？」

「嗯，有。」

「誰呢？」

「誰喔……」

「請告訴我們姓名。」

「篠崎老師。」

「篠崎雄助，苦樂苑的內弟子是嗎？」

塚原這麼說，町田智也一臉驚訝。百合根心想，可見他也小看了警方的情搜能力。一般人遇到警方訊問大多如此，知道警方握有情報的質與量，都會大吃一驚。

「是的，是他。」町田智也回答時仍是一臉的不可思議。

塚原更進一步問：「你們五個人都是接受篠崎先生指導嗎？」

「是的，我們大都會一起到苦樂苑，接受篠崎老師的指導。」

百合根察覺到他的用詞時而隨便，時而恭謹有禮，多半是在加入苦樂苑之後慢慢改變，努力學著使用得體的用詞，這多半是篠崎雄助指導的成果。

塚原一臉苦思貌：「篠崎先生離開教團了吧。」

「教團，你是說苦樂苑嗎？苦樂苑跟教團不一樣。」

「你是說，跟新興宗教不一樣？」

「對。教團這個字，怎麼講啊，不太像苦樂苑。」

「那麼該怎麼說呢？」

「道場，或是修行場。」

塚原一臉「都沒差啦」的樣子。

「篠崎先生離開了苦樂苑，沒錯吧？」

「是的。」町田智也低下了頭。

「這件事，你們怎麼想？」

「覺得很遺憾，但也不只遺憾而已。」

「怎說？」

「很不爽。」

「你是說很生氣？」

「嗯，對。」

「為什麼？」

「我也不知道。」

塚原點點頭。

「對篠崎先生離開苦樂苑感到生氣的，只有你嗎？」

「大家都很不爽。」

「你知道篠崎先生為什麼會離開苦樂苑嗎？」

「嗯，知道，就是和當主那個，怎麼說……」

「和阿久津昇觀意見不合。」

「嗯，對。」

「這個，死去的四個人也知道吧？」

「知道，因為這件事大家也聊過很多。」

「你對阿久津昇觀有什麼看法？」

「看法？」

「你們尊敬的篠崎先生會離開苦樂苑，不就是阿久津昇觀的關係嗎？」

町田智也頻頻將頭偏過來偏過去，開始有些坐立不安。

「覺得腦袋亂成一團，搞不懂了。」

「你很尊敬篠崎先生，同時也尊敬阿久津先生，所以你不知道該怎麼辦，是這個意思嗎？」

「這樣講起來是很簡單，可是在我們心裡並沒有這麼單純。對當主的感覺，和對篠崎老師的又不太一樣。」

「怎麼個不一樣？」

「當主感覺是高高在上，可是平常都是篠崎老師直接指導我們。」

「原來如此，吉野他們四個人也有同樣的感覺嗎？」

町田智也稍加思索，然後用力點了一下頭。

「對於自殺，你跟他們四人也有同樣的想法嗎？」

「同樣的想法？」

「就是覺得自殺很平常。」

「我覺得這種事每個人的想法都不一樣。」

「嗯，原來如此。」

百合根覺得兩人的對話愈來愈空泛。

「那請問，昨天為什麼只有你沒有跟大家一起呢？」百合根說。

「咦？」町田智也彷彿沒料到有這一問。

「你們是五人小組吧？」

聽到百合根這麼說，町田智也露出快哭出來的笑臉：「意思是說，我也應該死才對？」

「不，不是這個意思。」百合根慌了，「你們平常不都是五個人在一起嗎，可是昨晚只有你個別行動，我是想說這當中有什麼原因。」

「也不是都五個人一起行動啊，五個人一起，是在苦樂苑而已。」

「這樣啊。」百合根深怕自己傷了町田智也的心不敢再問了。

然而塚原卻不放過：「可是，其他四人昨晚卻在一起啊。」

町田智也不作聲了。他思考著，然後，再度開口：「我覺得只有自己一個人，沒有什麼特別的原因。」

「或者，是你不願意承認的原因。」青山突然說話了，「在那間房子裡的四個人，是兩男兩女，只有你一個男的落單。」

塚原看了青山一眼，青山正在環視散亂的房間。町田智也瞪著青山，視線一與青山對上，他就低下頭，臉紅了。

「對啦，」過了一會兒町田智也似乎看開了，「吉野和香織在一起，園田和聰美也很要好，只有我落單。」

青山說：「這種事，最好一開始就跟警方好好說清楚，不然反而會被懷疑。」

町田智也仍低著頭，沒有回答。

塚原瞄了青山一眼，然後再問町田智也：「昨天晚上你在哪裡？」

「一直待在這裡。」

「意思是你昨天沒有外出？」

「我去過便利商店買些吃的，其他時間都一直待在家裡。」

「就一個人？」

「嗯，就我一個人。」

「你去哪一家便利商店？」

「出公寓向左走，最近的那家。」

塚原是在確認不在場證明，這一點町田智也應該也知道。

「昨晚他們四個人在足立區的一間房子裡。」塚原說，「苦樂苑預定在那裡開分院。平常那裡都上了鎖，只有阿久津昇觀、山縣佐知子和篠崎雄助這三個人有鑰匙，那四個人是怎麼進去的？」

「這個，」町田智也一臉不可思議，「我不知道。」那表情彷彿在說，為什麼來問我？

「你去過那裡嗎？」

「嗯，去過。」

「去做什麼？」

「就……」他顯得難以啟齒，「跟篠崎老師一起，我們在那裡開讀書會。」

「除了你以外還有誰？」

「那四個人。」

「也就是昨晚在那裡死去的四個人嗎？」

「是的，因為篠崎老師說以後那裡的分院會交給他管。」

「在正式成為分院之前，就一直用那裡了嗎？」

「只有一小部分的人在用。」

「你是指只有被篠崎老師選中的人嗎？」

町田智也又想了一會兒，然後答道：「我想是的。」

塚原從鼻子噴了一口氣，說：「謝謝你的協助，也許往後會再來請教你一些事，還請多幫忙。」

町田智也不知如何作答地呆立在那裡。百合根想對他說點什麼，可是又不知道該說什麼。這時候，山吹說話了：「你的好友們不幸亡故，想必你是十分傷心，但一定會有人向你伸出援手。」

町田智也彷彿這時候才發現山吹的存在，眼睛直盯著他看。

「請問，你是和尚嗎？」

「我有曹洞宗的僧籍。」

「曹洞宗啊，請問寺院在哪裡？」

「一個無名小寺。」

「你是住持嗎？」

「住持是家父，我任職於警視廳科學搜查研究所。」

「你也在禪修吧？」

「是的。」

「當主說他本來也是禪宗。」

山吹點點頭：「令當主一定會幫助你的。」

町田智也表情複雜地看著山吹，似是有話想說，但最後還是什麼都沒說。

百合根一行人離開了那間小小的套房，外頭天色變暗，變得好冷。

「該不會要下雪吧？」塚原喃喃地說，沒有任何人接話。

「後來有沒有什麼發現？」

一回到綾瀨署，塚原就問留在署裡的赤城和黑崎。

「四人的死因都是一氧化碳中毒，就如黑崎在現場說的，體內驗出了酒精和耐妥眠，四人都是喝了酒又吃安眠藥。」

「在睡夢中去見閻王嗎，好周到的死法啊。」塚原說。

赤城說：「又還沒確定是自殺吧。」

「我一開始也這麼想，但問過關係人，開始覺得應該是自殺了。」

「怎麼說？」

「他們加入了苦樂苑這個宗教團體，當事人說他們不是新興宗教，但在我看來都是一樣。會加入那種地方信教的年輕人，所求的就是心靈的依靠吧，把那裡當作唯一的寄託。可是，苦樂苑的老大和老二卻發生爭執，老二離開了教團，死去的四個人就是跟著老二，也難怪他們會感到絕望啊。」

赤城對苦樂苑的問題顯然不感興趣：

「得查查他們是怎麼拿到耐妥眠，這種藥沒有醫師處方是拿不到的。」

「查當然是會查，但這年頭安眠藥在網路上就買得到了。」

「選在那間房子又是怎麼回事？」

「那房子是苦樂苑為了開分院買的，本來要由那個老二當分院負責人。」

「分院？」

「對，沒有住人，所以才沒有人在裡面生活的感覺。」

「我在意的是青山在現場說的那些。」

「哪些？」

「貼窗縫的膠帶，貼得很隨便。如果是自殺的話，應該會貼得更仔細才對。膠帶上也沒有驗出指紋，這太不自然了。」

塚原陷入沉思。這時候，菊川、西本還有翠那些到現場附近進行偵查的一行人回來了，他們帶回了一名陌生男子。

菊川說：「這位是篠崎雄助先生，說是那間房子的關係人。」

百合根吃驚地看著那名男子，塚原和山吹也一樣，只有青山一副事不關己的樣子。

赤城看到百合根和塚原的反應，說：「怎麼了？有什麼好驚訝的？」

塚原說：「這個人就是我剛說的苦樂苑的老二。」

篠崎雄助看來是不明白發生了什麼事，佇在門口。

「請進，進來談談吧。」塚原指指空椅子說。

菊川來到百合根旁的位子，悄聲問：「你知道他？」

百合根回答：「到苦樂苑查訪的時候知道有這個人。案發現場的房子只有三個人持有鑰匙，他就是其中之一。」

菊川點點頭：「他確實有一把。」

塚原對菊川說：「我有問題要問他，可以嗎？」

「可以啊，你問。」

篠崎雄助在椅子上坐下，身子扭來扭去顯得不太自在，但看來心情是沉著的。他與苦樂苑當主阿久津昇觀剛好是相對照的類型。阿久津昇觀是文靜的學者型，身形瘦長，外表出眾；篠崎雄助則是體格矮壯，頭髮自然鬈，在頭上和額頭上一彎一彎地捲曲著，下巴很寬，國字臉，眼睛很大，靈活轉動，嘴巴緊閉一線，感覺是個意志堅定的人，精力旺盛地停不下來，看來應喜歡與人交談。

「呃，」塚原說，「阿菊，你們是在哪裡遇見的？」

菊川回答：「我們一出現場，他就站在公寓外面，於是我向他搭話。」

塚原點點頭，然後開始對篠崎雄助發問：「你為什麼會站在公寓前？」

「還用問嗎？」篠崎雄助的聲音響亮又清晰，「我嚇了一跳就衝過去了。我看了電視新聞，正想著那公寓好眼熟，結果竟然是四個年輕人自殺的消息。」

「死去的四個人，你知道是誰嗎？」
「嗯，那邊那位刑警先生告訴我了。」他看了看菊川說，「他們都是我的學生。」
「你在苦樂苑指導他們？」
「是的。哎，警察真厲害啊，已經連這些都查到了？」
「我們也知道你離開苦樂苑了。」
「哦，果然厲害。」他一臉由衷佩服的神情。
「不幸死亡的幾位再加上町田智也，本來是個五人小組吧。」
「哎呀呀，看樣子什麼都瞞不了警方。對，他們經常五個人在一起，所以我指導的時候，大多也是編排五個人一起的課表。」
「課表？聽起來好像大學啊。」
「我認為苦樂苑是學習的地方。」
「學習？不是修行嗎？」
「真正救人的是智力，唯有邏輯思考才能真正解決煩惱。除此之外所有的方法，都不過是短暫的慰藉而已。」

「可是，你所指導的團體有四個人自殺了。」

篠崎雄助的表情頓時黯然，他強忍苦痛地說：「他們還沒有真正了解我的教導，真令人痛心、遺憾。」

「聽說你都在那間房子裡指導他們？」

「是的，我曾經帶他們五人去過幾次。」

「為什麼？苦樂苑的設備比較好吧？」

「阿久津對我的做法不以為然，所以我想在他看不到的地方指導。」

「那四個人在那間房子裡用膠帶貼窗縫，帶炭烤爐去燒炭自殺，門上的信箱也封住了，而且，他們還吃了安眠藥。」

「安眠藥？」

「對，從遺體裡驗出來的。」

「可能是我害的。」篠崎雄助垂下眼睛痛苦地說。

「怎麼回事？」

「他們可能對我的教導一知半解。阿久津反對服用安眠藥之類的藥物，他說人本來就具備自療能力，深層冥想和辯論能激發這種能力。可是對於不安苦惱得無法入眠的人來說，那只是空談。失眠會使人在肉體上產生不安全感，進而助長不安和痛苦。光是睡得著覺，對人來說就是一大救贖。所以真的痛苦的時候，就算是要藉助安眠藥和鎮靜劑的幫助才能好好休息也無妨，這在免疫學上也已得到證明，我是這樣教他們的。」

「那是身心症的治療常識，不算什麼嶄新的創見。」赤城說。

篠崎雄助看著赤城說：「你懂醫學？」

「我是醫生。」

「哦，難怪。」但篠崎雄助似乎還不能完全服氣。

「心理療法也不反對使用精神藥物。」這回換青山說話了，「啊，對了，我也有臨床心理師資格。」

篠崎雄助的表情顯得更加不解了。百合根解釋：「包括他在內的五位，都是警視廳科學搜查研究所底下，科學特搜班成員。」

「科學特搜班？我以為科學搜查研究所是窩在研究室裡工作。」

「科學辦案的重要性日漸增高，專家親臨犯案現場更有助於科學辦案，因此才成立了這個單位。」

「那真是太好了，科學技術應該對人類有更多幫助才對。」

「那麼，」塚原把話題拉回來，「你有沒有聽說死去的四個人當中，有誰請醫生開了安眠藥的處方？」

「沒有。可是他們有可能因為上了我的課後去找醫生。」

「原來如此。那麼，那間房子的鑰匙你現在也帶在身上嗎？」

「是，我帶著。」

「可以借看一下嗎？」

「好的。」篠崎雄助取出一串掛在皮製鑰匙圈的鑰匙。

他用食指和拇指捏著其中一把。「就是這把。」

「可以借一下嗎？我想確認一下。」

「好的，沒問題。」篠崎雄助準備將鑰匙取下。

「沒必要，我們已經用他那把鑰匙在現場確認過了。」菊川說。
塚原瞥了菊川一眼，說：「那我就省事了。」
篠崎雄助聽到兩人對話，問塚原：「不用了嗎？」
「不用了，請收起來吧。你曾經將那把鑰匙借給別人嗎？」
「別人指的是那五人吧？」
「我沒有指特定對象。」
「沒有，我沒有借過任何人。這把鑰匙我也是向苦樂苑借來的，不可能再借給別人。」
「那麼，昨晚那四個人是怎麼進到那屋裡去的？」
「嗯？」
「平常都鎖上了，不是嗎？」
「誰說的？那裡隨時都是開著的啊，根本沒有鎖。」
塚原朝百合根看，百合根也看著塚原。

阿久津昇觀說那房子平常都是上鎖的，兩人的說法相互矛盾，如此一來就是其中有人說謊。

「你是說那間房都不會鎖上，是真的嗎？」

「嗯，真的。我去那裡指導的時候，也從來都沒用過鑰匙。」

「這樣不是太不小心了嗎？」塚原說，「那一帶的竊盜案很多。」

「因為裡面什麼都沒有啊，跟空屋沒兩樣。」

這一點，青山也提過了。

「那麼，誰都可以進到那屋裡去囉？」

塚原這麼一問，篠崎雄助點頭說：「對，現在回想，要是上鎖的話，也許就能防止他們自殺了。」

「現在還不確定是否為自殺。」赤城說。

篠崎雄助驚訝地轉頭看赤城，「什麼意思？」

「就是字面上的意思，現在還不能斷定他們是自殺。」

篠崎雄助問塚原：「是這樣嗎？」

塚原皺起眉頭：「這個嘛，為了慎重起見，我們不排除其他可能，完全就是為了慎重起見。」

「你是說有可能是命案？」

「是的。」塚原點頭。

赤城接著說：「也可能是謀殺。」

篠崎雄助顯然感到震驚：「謀殺？你是說他們是被人殺害？」

塚原嚴厲地看了赤城一眼，但赤城不為所動。

「這個嘛，可能性並非全然是零。」塚原說。

「誰會做這種事。」

「我們認為還是自殺的可能性最高，聽說他們經常談論自殺。」

篠崎雄助的表情變得沉鬱：「現在的年輕人，動不動就想到死，可能是因為他們無法體會生命的意義。最近青少年因為一些小事就殺人的事件也層出不窮，我想這兩件事有共同的理由。」

「生命的意義？」

「生物都怕死，但終究無可避免，所以不願意以不自然的形式來接受死亡，也因此人才會害怕生病、害怕飢餓、害怕老去。但是，當周身的環境中不存在死亡，就容易對生命的價值產生懷疑。日本長久以來一直處於和平，歷經昭和四十年代（一九六五—七五年）的高度經濟成長，生活也富足起來，後來到了一九八〇年代又有泡沫經濟，歌舞昇平，這樣和平又富足的生活，反而讓人們忘了生命的意義。」

「你認為這和年輕人的自殺或殺人有關？」

塚原這麼一問，篠崎雄助大大點頭，「在不幸的時代，人們為了活下去卯足全力。戰後到昭和三十年代初期，日本每個人都很窮，但是自殺和獵奇凶殺案卻很少，現今的日本比當年富足得多，就算是負債、被裁員，過的日子都還比昭和二十、三十年代的人還好才對，可是人們卻陷入絕望，而敏感地感測到社會絕望氣氛的，就是年輕人。」

「你這個年紀，也不知道昭和二十、三十年代是什麼樣子吧。」

「雖然沒有實際經歷過，但能透過文字理解。前人就是為此而留下紀錄。」

「你說當時自殺和獵奇凶殺案較少，也未必是事實喔。」青山說，「畢竟當時警方的辦案能力有限，而且也不知道是不是以同樣的基準去做統計，再說，那個時代的資訊傳播是以廣播和報紙為主，也不像現在這麼聳動。」

「我認為當時是比較少，因為人們都努力活著。」

「就算是事實好了，也有很多因素的影響。首先是都市化的問題。昭和二十、三十年代初大家庭還很多，地方社會的機能比現在健全、有力得多，人口的移動也很少。家庭和地方社會具有預防犯罪和自殺這類負面事件的機制。」

篠崎雄助再度點頭：「一點也沒錯，都市化是一大原因。大家庭和地方社會就結果而言，能夠解決個人的問題。現在一個人生活的年輕人經常獨自煩惱，就犯罪面來說，每個人或多或少都有犯罪傾向，但是大家庭和地方社會有防止犯罪的功能。現今有很多年輕人獨自生活，他們的犯罪傾向、未成熟人格就直接暴露出來。即使是和家人生活在一起的年輕人，他們身上也出現了和獨自生活者一樣的現象。以前，只有富裕的家庭才能給孩子自己一個房間，一般家庭大多是全家人聚在客廳看電視、聽收音機。現在，年輕人都關在自己房間裡，拒絕和家人溝通，在他們的心中，家人是煩人的代名詞。在處理這些不耐煩中，人格會慢慢成熟，然而現在年輕人的成長過程中，經常未能學習與他人溝通。」

「可是，就是人人都如此，才造就了現在這樣的社會吧？」青山說。

「對，每個人都追求著富足、乾淨又舒適的生活，卻因此造成地方社會分裂、家庭破碎。」

「苦樂苑想要取代這兩者？」

青山這個問題，讓篠崎雄助頓時陷入沉思。

「阿久津的想法可能不同，他一直都是重視個人修行，認為要靠冥想和辯論提高個人的能力，藉此自救。」

「你有不同的想法？」

「就像你說的，我希望能夠代替家庭或地方社會，所以我指導的時候大多是以團體來進行。苦樂苑基本都是個別指導，可是我覺得團體指導更有效果，對懷有煩惱的人，首先必須做的就是盡可能減少他的疏離感，其次則是說明理性的重要，使其理解理性等同於智力。」

「智力啊，就是聰明的人才會得救？」青山說。

「是的。一切的不幸都是肇因於愚笨，只有真正聰明的人，才能化不幸為幸運。」

「你說的我是明白啦，畢竟所謂的佛教，本來就是智慧的教誨不是嗎？」

青山看向山吹看，山吹點點頭。

「是有這一面。」

「請問，你是和尚嗎？」篠崎雄助看著山吹問。

「是的，我有僧籍。」

「哪個宗派？」

「曹洞宗。」

「和尚怎麼會在這裡？」

這個問題被問過多少次了啊，山吹一定很不耐煩吧，百合根心想，但只見山吹和顏悅色地回答：「我是警視廳的職員，只是家裡是寺院，剛好有僧籍而已。」

「既然你是和尚，應該能明白，思考，徹底的思考才是真正的修行。」

「是的，佛祖的智慧照拂萬物。」

「我是這麼想的，所有的宗教都是科學的殘渣。」

「哦？宗教是科學的殘渣……」山吹也只重複說了這句話而已。

塚原問：「換句話說，你和阿久津的指導方法和想法都不同，所以你們才會對立。」

「表面上是這樣沒錯。」

「怎麼說？」

「我們基本上對於宗教的看法不同，然而我們也有共同之處，就是不把靈異體驗和靈異能力當一回事，這是苦樂苑和一般新興宗教最大的不同之處。」

塚原點點頭：「的確是這樣。」

「阿久津相信悉達多・喬達摩（編按：佛祖釋迦牟尼的原名）的生活方式，即冥想和思索，才是人們的救贖之道。無論是什麼樣的苦惱，只要透過深層冥想和思索得到真正的睿智，人們就不會輸給災禍、不幸與苦痛，阿久津是這樣相信的。」

塚原說：「我覺得沒錯啊，只是我一打坐，煩惱就一個個源源不絕地冒出來，實在無法開悟。」

「阿久津也不用開悟這個詞。所謂的開悟，是不可捉摸的，自古不知有多少修行者追求開悟，但恐怕都沒有得到滿意的結果。開悟，從某個方面來說是一種理想，對於在現世苦痛煩惱的人們來說，只是畫大餅。阿久津認為只有透過冥想和思索，活化頭腦，才是獲救之道。」

「你怎麼想？」

「我認為個人的修行是其次，應該以減輕人們的苦痛煩惱為優先。」

「也就是以救濟一般大眾為目的，這樣就是小乘佛教和大乘佛教的差異了。」

塚原一這麼說，篠崎雄助就堅決搖頭：「這是完全不同質的討論，大乘的教誨，簡單來說就是菩薩的教誨，認為無論何時何地，只要誦讀菩薩之名就能獲救，是與一神教相通的信仰之道，再加上極樂淨土的教誨，就更與釋尊的佛教似是而非了。我認為，人要獲救，本身還是不能缺乏睿智。這一點，跟阿久津雖是一樣，但我們還是有基本上的不同。」

「我們是凡人，不明白你所謂的基本上的不同，可以請你簡單說明一下嗎？」

「剛才我也說過，我認為所有的宗教都是科學的殘渣，個人的修行雖然重要，但真正重要的是要去深入思索事物的本質，我們的不安和恐懼，很多都是無知造成的。是的，無知會招致不安、恐懼和痛苦，所以我指導會員們要透過邏輯的觀察思考，來看清自己所處的狀況，過程中，也會使用心理治療的方式，必要的話也會建議他們藉助藥物的力量。」

塚原想了一會兒，然後看向山吹。山吹泰然自若，並沒有要開口的樣子。

「聽說你跟阿久津從苦樂苑成立的時候就認識了？」

「我和阿久津從大學時代就認識了。我們讀的是佛教大學，畢業後阿久津剃度了，我則是到食品加工公司上班，也一邊當志工輔導繭居的年輕人。」

「哦？繭居的人也會找你幫忙？」

「他們不願接觸現實社會，卻與另一個社會有頻繁的接觸。」

「另一個社會？」

「網路和手機簡訊。」

「原來如此。」塚原若無其事地問，「你昨晚在哪裡做些什麼？」

「昨晚嗎？在自己的住處。」

「就你一個人？」

「對，我現在單身獨居，離開苦樂苑後，我大多待在家裡，在網路上幾個BBS上發表文章。」

查他在那些BBS上的登入紀錄大致就能知道他在哪裡。管理BBS的網路供應商和篠崎雄助住處的網路供應商，兩者應該都留下了他發文時間與使用電腦的IP位址。當然不是沒有漏洞，但應該可視為不在場證明吧。

「他們和你聯絡過嗎？」

「沒有，很遺憾。要是昨晚他們和我聯絡的話，也許我還能挽救。」

塚原看了看百合根，意思是有沒有問題。百合根看向菊川，菊川搖搖頭。

塚原問了篠崎的住址、電話等必要資料後，準備結束訊問。

百合根連忙問：「啊，請問你有自己的網站嗎？」

「有。」篠崎雄助從口袋裡取出上面印有卡通人物的塑膠名片夾，他抽出一張名片，放在桌上。塚原伸手拿起那張名片來看，只見他瞇著眼，把名片拿得稍遠一些，他已經到了看不清小字的年紀了。塚原一抬眼，便照例向篠崎雄助道了謝。篠崎雄助便起身離開了。

5

菊川他們向同一棟公寓的居民打聽，據說成為命案現場的那間房子平常幾乎沒有人出入，大多數居民都以為是空屋。然而，隔壁的那戶人家卻發現偶爾有人在那裡聚集，那可能就是篠崎雄助進行指導的時候。

菊川問住隔壁的鄰居記不記得是什麼日子，但鄰居說不記得。

「換句話說，除了篠崎雄助以外，幾乎沒有人使用那間房子。」

塚原一說完，菊川就問：「這意味著什麼呢？」

「我哪知道啊。」

「阿久津昇觀說那間房子平常是上鎖的，可是篠崎雄助卻說沒有鎖，這有沒有什麼意思呢？」百合根問。

菊川說：「有人弄錯了，或者說謊。」

赤城問翠：「怎麼樣？篠崎雄助有沒有說謊？」

「看起來不像說謊。但從遇見他的時候開始，他的情緒就一直很激動、緊張。不過，死了四個學生，當然會激動了。」

「黑崎，你覺得呢？」赤城問。

黑崎搖搖頭，意味著篠崎雄助並沒有說謊的樣子。

塚原一臉訝異：「你們究竟在說什麼？」

菊川代替赤城解釋：「這兩位加起來，被稱為人肉測謊機。」

「那是什麼？」

「結城耳朵很尖你已經知道了吧，在命案現場見識過了，黑崎鼻子則是靈得嚇人。結城可以聽出人們心律的變化，而黑崎可以聞出出汗量以及汗水裡腎上腺素等亢奮物質。所以，他們跟測謊機一樣。」

「怎麼可能？」

「這當然不能當成證據，不過可以作為偵查的參考。」

塚原不斷來回看著翠和黑崎。

「真叫人難以置信！ST都是些什麼人吶？」

「人肉測謊機可是有口碑的，相當好用。」菊川說。

「也就是說，篠崎雄助沒有說謊，這樣的話，說謊的就是阿久津囉？」

百合根這麼說，但翠搖搖頭：「可惜不能說得這麼篤定。就像我剛才說的，我們一見到篠崎雄助，他就一直處於亢奮狀態，再加上如果事先就料到會被問到什麼問題，有時候並不會產生明顯的生理變化。」

「還有就是，」塚原說，「也可能是其中一方弄錯了，畢竟一間形同空屋的房子有沒有鎖，也許對他們來說根本不算什麼值得注意的問題。」

「太奇怪了。」說話的是青山。只見他將鑑識報告和現場照片在桌上排開，只不過看起來不像排，而像是散在桌上。

塚原看到這個狀況，皺起眉頭問：「哪裡奇怪了？」

「找到遺書了嗎？」

「沒有，接下來才要去網路的留言板找，要先找到他們會寫在哪裡，然後再從龐大的留言裡找出他們寫的字句。」

「那樣就失去遺書的意義了。」

「什麼意思？」

「遺書就是想讓別人看才寫的，人死了以後還要四處找才看得到，那就不是遺書了。」

「也許能找到煽動自殺的字句。」

「就算找得到好了，也不能視為遺書。再來，」青山指著散亂在桌上的現場照片，「這間房子裡，就只有炭烤爐、茶几和屍體。」

「要自殺，有炭烤爐就夠了，而且他們還吃了安眠藥。」

「可是啊，屋裡只有茶几和炭烤爐。」

青山說的一點也沒錯，現場除了茶几和炭烤爐之外，連像樣的家具都沒有。百合根說：

「阿久津昇觀和篠崎雄助都說那間房子形同空屋，當然就沒有家具。」

「我不是在說那些，頭兒吃藥都怎麼吃？」

「吃藥？一般不就是配水……」說到這裡，百合根終於注意到了。

「對喔，這裡連杯子也沒有。」

「他們四個人喝了酒不是？屋裡既沒有杯子也沒有酒瓶。」

塚原也好像終於明白青山的意思了，他歪著頭，把桌上的照片一一看過。

「但是，」塚原說，「這不能證明什麼。那裡有自來水，用手舀水，或是直接用嘴巴去接就能喝到水了。安眠藥的顆粒都不大吧？就算沒有水也能吞得下去，酒可能是在外面喝的。」

「藥大部分都是用薄薄的塑膠片包裝？」

「就是那種要壓出來的是吧？」

塚原一這麼說，山吹就點頭說：「耐妥眠的處方藥物，的確都是這種包裝。」

「把藥拿出來以後，會有空包裝吧？」

塚原若有所思地身子往前靠近桌子，重看現場照片。

赤城說：「那屋裡沒有這些東西，死去的四人的衣物裡也沒有。」

菊川接著說：「青山說的貼窗縫的膠帶，的確很不自然，看起來很像貼得很倉促，膠帶上也沒有驗出指紋，如果要自殺，就沒有必要如此著急。」

「還有啊，」青山說，「剩下的膠帶在哪裡？」

「剩下的膠帶？」

「對，沒有膠帶捲不是很怪嗎？但是房子裡卻找不到。」

「不會吧……」塚原去看了現場照片，又看了鑑識報告。

「我看，當時那間房子裡除了死去的四個人之外至少還有一個人，不然不合理。或者該說是有人在他們死後，把房間清乾淨。」

塚原懊惱地咬著嘴唇：「我也老了，竟然沒注意到。」

「所以別再朝自殺的方向去查了。」青山說。

塚原一臉難色：「可是，是怎麼布置成自殺的？把四個吃了安眠藥睡著的人搬到那裡去，再燒炭？要搬四個人可是件大工程，且現場是棟公寓，一定會被發現。」

菊川說：「隔壁鄰居說是因為平常沒有人的房間裡有聲響，覺得奇怪，後來又注意到窗縫被貼起來，才打一一〇。」

「什麼樣的聲響？」塚原問。

「不是多大的聲音，鄰居說是有人的動靜。」

「也就是說，不是把四個人搬進去的聲響了。」

「可以這麼判斷吧。」

「還有，」山吹說，「耐妥眠的藥效不足以令人昏睡，要是被人搬動，應該會醒來。」

赤城說：「不過，這也要看吃的量，且和酒精一起攝取，有時候會爛醉。」

「但無論如何，」塚原說，「要搬運四個人是一件大工程。」

青山說：「這樣的話，有兩個可能，一個就是四人自殺之後，有人到那裡去，把藥的包裝、膠帶捲、酒瓶什麼的全都收拾乾淨；再不然就是，有人跟那四個人在一起。」

塚原說：「如果是有人跟他們在一起的話，那個人殺害他們的可能性就很高了。」

青山淡淡地說：「沒錯。」

「真是的！」塚原呻吟般說，「為什麼我竟然連這麼簡單的事都沒注意到，我這麼多年的刑警都白幹了。」

「因為你受到暗示。」青山說。

「暗示？」

「川那部檢視官在現場判斷是自殺，他是警視，辦案經驗豐富，又有法醫學的知識，人都會下意識地受到權威人士發言的影響。」

「川那部檢視官啊？」塚原說，「這下要推翻他的判斷了。」事情的確痲煩了。

川那部檢視官對ST，特別是對赤城反感，他是偵查老手，又研修過法醫學，判斷失誤的情形應該鮮少發生，然而一遇到ST就會自亂陣腳，只要一對上赤城就會變得固執己見。哎，真沒辦法——百合根心想。

「我來向川那部檢視官報告吧。」

塚原鬆了一口氣，看著百合根說：「是啊，是該由警部大人來報告才對。」

把不想做的事往後延，心情只會愈來愈沉重，百合根決定馬上打電話。一打到本廳，川那部就接起來了。

「關於綾瀨署的集體自殺案，查出有他殺的可能。」百合根說。接著是一段不愉快的沉默，百合根覺得胸口好像被緊緊勒住，喘不過氣來。

「事到如今還在說什麼傻話？」川那部冷冷的聲音從電話裡響起，「看樣子ST很閒啊。」

「愈查疑點就愈多。」

「不要再給轄區找麻煩。」

「綾瀨署的偵查員也持相同意見。」

「你說什麼？」說到這裡，川那部就沒再說下去了。百合根覺得自己手心冒出冷汗。

過了一會兒，川那部的聲音又響起：

「我倒是要詳細了解一下你們想到多沒用的主意，我馬上過去，一個小時後到。」

電話掛了。

「川那部檢視官一個小時後要來。」

一聽百合根這麼宣布，塚原的臉色都發青了。

川那部檢視官真的在一個小時整之後走進綾瀨署。

他一站在百合根他們借用的房間門口就發威：「是哪個傢伙胡說八道？」

塚原、西本和菊川馬上起立，百合根也趕緊跟著站起來，ST那五個人照坐不誤。

川那部掃過空位，在最上位的地方一屁股坐下。「然後呢？」川那部要求說明。

百合根提出懷疑他殺的證據。首先，還沒有找到遺書；其次，房門是否上鎖，關係人的說法有出入，而說法有出入的兩人又彼此對立；四名死者都吃了安眠藥，但現場沒有發現藥的包裝；封窗縫的膠帶貼得十分雜亂，膠帶上又沒有驗出指紋；現場沒有剩下的膠帶捲。

由於緊張，百合根多少有點結巴，但該說的應該都說了。

川那部想了一會兒，說：「幹嘛杵著，還不坐。」

菊川和塚原朝百合根看，意思是要警部先坐吧。

百合根客氣地坐下，菊川和塚原看到他坐才坐下。

「你要說的我明白了，」川那部說，「但是我已經向本廳報告說是自殺，事到如今，不能再說因為是查凶殺案而要成立專案小組。偵查預算有限，假如明顯是凶殺案就另當別論，但是……」

「有綾瀨署和我們應該就可以了。」百合根說。

川那部狠狠朝百合根瞪了一眼：「不能反悔喔？等案情陷入膠著再來哭訴也沒用！」

說起來，如果是正式的凶殺案，正常程序應該是由轄區署長向本廳正式申請成立專案小組才對——百合根這麼想。主導權又不在川那部手上，然而百合根沒有這麼頂撞。這時候要是惹火川那部，事情會很麻煩，就算不惹火他，他心情也已經夠差了。

「好吧，是你們來挑戰我，我都判斷是自殺了。都到這個時候，你們卻還在找其他的可能性。」

川那部朝赤城瞥了一眼，赤城看著別的地方，一副不把川那部放在眼裡的樣子。

「轄區也同意吧？」

川那部看著塚原說，塚原立刻端正姿勢。

「是。啊，不是的。我們是想聽從檢視官的判斷，但是的確出現了幾個疑點，身為偵查員不能忽視。」

「我明白了，所以你是要跟ST一夥就對了。」

「不，不是這個意思。」

「就是這個意思！這可攸關我的面子問題。萬一，最後查出這是自殺，你們可要有心理準備接受相當的處分。」

塚原低著頭。

照理說，辦案方向上就算有不同的主張，也不該被懲處，然而警察的世界就是這樣歪理橫行。偵查員個個愛面子，他們常說，不可以被瞧不起。警察是一種官僚體系，同時也具有類似黑道組織的性質。百合根不知道川那部的話有多少是認真的，然而，既然他都已經把面子這兩個字說出來，恐怕就不會讓步了。這讓百合根有點不安。這個案子沒有任何決定性的證據來證明是凶殺，一切都是間接證據。赤城和青山所說的疑點的確很有道理，然而光靠這些是無法說服檢方。

「你說沒找到遺書是吧？」川那部說。「很可能晚點就會找到，死者家裡呢？」

「據家屬說，沒有找到看似遺書的東西。」

「查過網路上的自殺網站了嗎？」

塚原回答：「沒有，現在正要查。」

「一定會在裡面找到的。」

關於這一點，青山已經提出了他身為心理學家的意見：要大費周章去找的遺書不是遺書，然而青山什麼都不說。

「你說鑰匙又怎麼了？那不是個形同空屋的房子嗎？有沒有上鎖怎麼會是問題？」

沒有人肯開口，只好由百合根來說明。

「問題在於那四個人是怎麼進入那間房子的，而關係人的說法有出入。」

「關係人？」

「死去的四人加入了一個名為苦樂苑的宗教團體，案發現場是苦樂苑為開設分院而準備的房子。苦樂苑的負責人阿久津昇觀表示房子平常是鎖著的，他的副手篠崎雄助卻說那裡並不上鎖。篠崎雄助本是苦樂苑的內弟子，但因為與阿久津昇觀意見相左，離開了苦樂苑，而死去的四人，是由篠崎雄助負責指導。」

川那部在聽百合根說話時，一直瞪著他，看來是在腦中整理聽到的資訊，然而，事實上他可能是在努力編出有利於自己的說法吧。終於，川那部說了：

「也就是說，那四個人捲入了那兩人的對立問題？」

「不，目前還不知道。」

「你認為那兩個人有嫌疑？我不認為那兩人有殺害四名信徒的動機。兩位尊敬的人彼此對立，因此感到絕望而自殺倒是有可能，這樣想才自然吧？」

關於這一點，塚原也說過同樣的話，然而塚原也什麼都不說。刑警們都怕川那部，赤城和青山的態度則是對他視而不見。

「藥的包裝？」川那部繼續說，「又不見得會在室內，也可能從陽台丟出去，這樣就不會留在屋裡了。」

「那個……」百合根畏畏縮縮地說，「陽台的門窗都封起來了。」

「可能是貼之前就丟了，不然也可能沖進馬桶了。」

「的確沒錯，」青山說，「如果是這樣的話，就不會留在屋裡。可是想自殺的人為什麼要把藥的包裝丟到外面去？」

川那部一時語塞。

「想自殺的人把周遭整理乾淨是常有的事。」

「我想不該一概而論。」

「膠帶上沒驗出指紋也沒什麼好奇怪的，只要稍微擦過膠帶，指紋就會不見了。」

青山問：「那怎麼會沒有膠帶捲呢？」

川那部再度語塞，極度不悅地皺起眉頭，想了好一會兒之後，說：

「好吧，你們的話也算言之成理。」川那部的話忽然沒了力道。這的確是個無法忽視的疑問，就算再賭氣再固執，他畢竟是檢視官，不得不承認這個案子有問題。

「隨你們愛怎麼樣就怎麼樣，但是別忘了你們跟我作對的事。」他一站起來，背脊挺得筆直地走了。

塚原大大喘了一口氣。「他是怎樣啊？」

菊川解釋：「他好像是把統領ST的三枝管理官當成死對頭。」

「還有對我也是。」赤城說。

菊川皺起眉頭：「那是因為你態度不好。」

「我們又不是警察，是技術人員，所以不在那組織階級裡，不必因為對方是警視就拍他馬屁。」

「就是因為這樣，川那部檢視官才會把ST當成眼中釘。」

「好難做事啊。」塚原嘆了一口氣。

赤城說：「別放在心上，這案子不是自殺，檢方也會同意的。」

塚原說：「可是，又沒有他殺的物證。」

「對，沒有找到物證。」菊川說，「要繼續一步步查訪，一定能找到目擊證人才對，清查人際關係找出嫌犯，施加壓力，只要取得自白，就沒有問題了。這是基本，偵查辦案的基本。」

「只能這麼做了。好，阿菊你跟西本一起清查地緣關係、我和警部大人去調查關係人的人際網絡。」

聽塚原這麼說，赤城問：「那我們呢？」

「臨機應變看要跟哪一組。」

「那這樣的話，要朝自殺來查嗎？還是他殺？」百合根問。

「警部大人，剛才的話你都沒聽進去嗎？」

「有啊。」

「檢視官判斷是自殺，但是我們的判斷不同，是他殺，在這裡的所有人應該都這麼認為才對，」也就是說，綾瀨署採納了ST的主張。

「記者會怎麼辦？」百合根問，「現在就因為是扯上宗教的集體自殺鬧得很大了。」

塚原一臉剛強地說：「要不要修正，交給上面的人去判斷，反正無論如何，媒體一定會蜂擁而至。」

百合根點點頭。

「好了，時間已經很晚了，明天再說吧，今天就此解散吧。」

塚原站起來。

6

百合根和塚原一同去調查被害人的交友關係。死去的四人遭他殺的可能性高過於自殺，因此已改稱被害人。山吹也與他們同行。

青山留在署裡，他說他有事要查，但百合根心想，反正一定只是對無聊的人際關係調查不感興趣吧。

的確是很無聊。他們得要走訪從家屬那裡問到被害者的朋友，有不少人不在。

被害者當中，田中聰美與須藤香織是同事，須藤香織是前輩，兩人都在一家大貨運公司擔任行政事務工作。那家公司無人不知無人不曉，總公司大樓位於世田谷的用賀，在這一帶住宅區裡算是相當大型的建築。

他們向兩人所屬的總務課全體職員各別談過了，包括課長在內一共六個人，也就是兩人在世時，總務課有八個人。

她們的同事供述幾乎一致，兩人都是很普通的年輕女孩，看電視新聞才知道她們參加了苦樂苑這個宗教團體，因而十分吃驚——同事們都這麼說。事前就知道這件事的，只有兩人，這兩名女子和須藤香織、田中聰美比較熟。

其中名叫安田惠的說：「我真不敢相信須藤竟然會自殺，她年紀雖輕卻很能幹，很照顧新進來的田中，雖然不是很引人注目，可是在男社員之間很受歡迎呢。」

安田惠二十九歲，是比兩人資深許多的前輩。她還說：「她們兩個很要好，可是我萬萬沒想到會一起尋死。」

她還以為她們是自殺的。塚原問：「須藤小姐有沒有男朋友？」

「我不知道，我想在公司裡是沒有的。」

「田中小姐呢？」

「不知道呢，因為我們不太談私人的事。可是，至少沒有聽過什麼傳聞。哎呀，刑警先生，和她們一起往生的男生，是不是在跟她們交往呀？」

「目前詳情還不清楚。」

「那些男生也是苦樂苑的信徒吧？」

塚原不答這個問題，反而發問：「有沒有聽說過她們提起欠債、缺錢之類的事情？」

「沒有。我們公司給的薪水雖然不高，但是這樣的收入要過一般生活應該不成問題。就我所知，須藤的生活一點也不鋪張。」

「有沒有聽說過和人結怨之類的事？」

安田惠一臉訝異：「聽起來不像在調查自殺呢。」

「沒有和人結怨、和誰起過爭執的樣子嗎？」

「沒有。刑警先生，她們不是自殺嗎？」

安田惠臉上充滿好奇。百合根心想，她搞不好是民營電視台兩小時推理劇場的忠實粉絲。

「我們辦案要考慮到所有的可能。」

「也就是說，也有可能是凶殺案了？」

「如果是的話，妳有什麼線索嗎？」

「沒有。」

安田惠的話，可以代表所有人。每個人所說的內容都差不多，大家都異口同聲表示看不出她們兩人像是心中有煩惱的樣子。然而，兩人的直屬上司卻說：「外表看起來是很開朗，可是會去參加宗教團體，可能是有什麼煩憂吧。」

這句話也代表了公司裡的人的反應。

結果，從公司的人際關係感覺不到犯罪的蛛絲馬跡。

「就公司同事的說法聽起來，她們都不像會被捲入糾紛的人啊。」

離開貨運公司，走在前往用賀車站的商店街上，百合根說。

塚原看著腳邊回答：「也不像是會自殺的人。」

「是啊。」

「可是啊，查訪通常都是這樣。」

「是的。」

「話說回來，人為什麼要加入什麼宗教團體呢？」

「畢竟是有一些無法對人言的煩惱吧。」

「宗教會看準人們的弱點趁虛而入。」塚原說，「對多病的人說是因為有惡靈附身，人們就會老實上當；對家人、親戚爭鬧不休的人，說是因為祖先陰靈作祟，人們就會相信。明明就另有原因，可是卻寧願相信不合理的說法，這究竟是為什麼呢？」

山吹說：「因為他們不願意面對真正的問題吧。」

「真傻，只要找出真正的原因，就能解決煩惱了啊。」

「這也不見得。」山吹淡然說，「有些問題是無法解決的，像是得了不治之症，就算知道原因也無從處置。」

「也許會找到治療方法。」

「而家中爭鬧不休，大多數的問題都在於人的個性，可是人們卻不肯承認，不想認為自己有錯，所以才會想怪到惡靈啦、祖先陰靈身上。」

「你也難辭其咎！就是因為你們這些和尚不務正業，人家只好去信那些來路不明的宗教。」

「這個嘛，滿腦子想著賺錢的同行很多也是不爭的事實。」

「聽說到京都的鬧街去，就可以看到和尚結伴到處喝酒、大肆批評其他教派不是嗎？」

「的確是有這回事。」

「以前不是有很多令人尊敬的和尚嗎？」

「現在也有啊，只是這樣的僧侶不太會出頭就是了。」

「就是因為正派的和尚變少了，像苦樂苑那樣的宗教團體才會變多。」

「阿久津昇觀說，苦樂苑是修行的道場，我想他們和惡質的新興宗教是有所不同的。」

「哼！奧姆真理教也說他們是修行的地方。」

「你對宗教團體有什麼特別的感觸嗎？」

山吹一問，塚原就閉嘴了。

塚原確實是一提到宗教方面的話題就莫名投入，百合根原以為他純粹只是有興趣，然而看塚原這個態度，顯然是有什麼緣由。

塚原沉默片刻，等到他們來到用賀車站入口時，才低聲說：「我女兒沉迷過宗教，我們一家費了好大的功夫，吃足了苦頭才點醒她。」

「哦。」山吹只這麼應了一聲。

「宗教真是可怕，跟她講道理根本講不通，常識也不管用，想坐下來一起談，就變成你談你的我說我的。」

「人心是很奇妙的。」

「什麼意思？」

「有時候不需要理由地全心去相信什麼，就會有得到救贖的心情。歷史上，也有宣揚極樂淨土而為對現世絕望的人們帶來希望的例子，如親鸞的淨土真宗。親鸞離開法然的淨土宗後，宣揚只要唸南無阿彌陀佛六字佛號便可登極樂淨土。因為親鸞以其親身接觸、深切體會到農民為暴政與貧困所苦，在現世得不到救贖。」

「可是，極樂淨土是騙人的吧！」

「是騙人的還是真的，沒有人知道，但是在真心相信的人心中會成為希望。伊斯蘭教也一樣，相信阿拉的人，被許諾死後必能上天堂，對於那些住在環境極度惡劣的沙漠、不得不與其他部落爭戰的人而言，這些教義是極大的救贖。環境得天獨厚的我們，一直不太能接受伊斯蘭教的教義，這是因為孕育宗教的環境不同的關係。」

「宗教不是普世皆通嗎？」

「並非如此。宗教是由人心衍生而出的，極具本土性。所以，世界性的大宗教都會產生歷史性的矛盾，因此才會發展出神學。所謂的神學，就是為了調解本質教義與現實社會所產生的解釋理論。」

「本土性嗎？說到這，各地的佛教好像也大不相同不是？好比西藏、尼泊爾的寺廟就和日本的大異其趣。」

「是的。宗教在傳播之際，一定會融入當地自古信仰的古老宗教。藏傳佛教以轉生活佛為最高指導者，也就是當代的達賴．喇嘛。轉生則是西藏、尼泊爾當地的古老信仰，尼泊爾的活女神庫瑪麗也是。這些都是當地信仰融入佛教之後形成的。在中國發展的大乘佛教，則是有濃厚的道教色彩，祖先崇拜就是最大的特徵。宣揚解脫之道的釋尊教義中並沒有祖先崇拜。佛教裡服侍佛祖、菩薩的尊者使者，與印度教的神明幾乎相同，一般認為這是佛教在發展成國教的過程中，刻意融入的。」

「由和尚這麼一說，還真有說服力。」

「基督教的聖母信仰也是這樣。最早的基督教，也就是猶太教耶穌派時期，並沒有聖母信仰，有一說是融入了非洲地中海沿岸地區的聖母信仰。還有，以殭屍聞名的巫毒教，其教徒認為他們是基督教，這也是本土信仰和基督教結合最顯著的例子之一。」

「我倒是認為正派的宗教和以騙人為前提的新興宗教有所不同。」

「在信仰方面的心理機制是相同的，出發點都是人心想要有所寄託，就看是怎麼利用這一點。中世紀的歐洲教會利用宗教鞏固權力寶座；在日本則有過執政者為了統一民心而利用佛教的時代；新興宗教則是追求個人利益。」

三人來到了用賀車站的月台。百合根沒說話，對兩人談話似聽非聽，他對宗教論不感興趣。

川那部檢視官才令他擔心。川那部心中應該也同意這個案子不是自殺，但他就是不想在ST面前認輸，這種情感上的問題根本無從著手，這也跟宗教一樣，不是用道理可以解決，想到這兒，百合根都快胃痛了。

電車來了，三人上了車。他們搭的是地下鐵，行車的噪音令人難以交談，但山吹和塚原仍繼續說下去。

塚原說：「那，苦樂苑的阿久津昇觀追求的是什麼？錢嗎？」

「能在代代木上原有那樣一棟樓，可見他在金錢方面應該也很有一套，不過他看起來倒像是另有所圖。」

「另有圖謀？」

「他待人雖然客氣，但看起來野心勃勃。」

「對，這點我也感覺到了。」

「錢固然重要，但比起錢，他應該更重視名聲吧。」

「明明有僧籍，卻不安於當一般和尚，成立苦樂苑召集信徒，從這點就可以看出他是個有野心的人。他和篠崎雄助之間的爭執，搞不好真正的原因也是出在這裡。」

「這個不問本人就不知道了。」

「看樣子有必要多跑幾趟苦樂苑了。」

塚原環視車內。車上並不怎麼擁擠，大致就是有零星幾個人站著。百合根他們站在車門旁，又有電車行車的噪音，別人應該不會聽見他們談話，但塚原很小心，在署以外的地方最好不要談跟偵查有關的事。接下來一直到回到署裡，塚原幾乎都沒有開口，山吹也默默無言。

他們一回到綾瀨署，赤城便說：「青山難得認真工作喔。」

「認真工作？」百合根問。

「他到處打電話，好像針對篠崎雄助做了一些調查。」

百合根朝青山看，只見他一臉事不關己的樣子。

「查到什麼了嗎？」

「我透過臨床心理師的關係去查了一下。」

「臨床心理師？為什麼要去查這個。」塚原一臉訝異。

百合根也覺得奇怪。

青山說：「篠崎雄助用不同於阿久津昇觀的方法，為自己贏得信徒。他說，科學方法和邏輯思考才能救人，換句話說，他以擁有符合邏輯的心理諮詢能力為傲，這代表他具有某些知識，所以我第一個想到的就是臨床心理學的知識囉。他也說過，為了減輕煩惱和痛苦，可以借用安眠藥等藥物的力量，這些話也證明了他有相關的知識。美國的臨床心理學不但同意使用安眠藥，現在也漸漸接受迷幻藥有助於治療的新說法。」

「然後，你就去查了？」塚原問，「那結果呢？」

「賓果！他不但有臨床心理師的資格，還學過催眠術。」

「催眠術!?」

「對，有不少人在臨床心理學上運用催眠術。在催眠狀態下，可以找到連本人都忘記的心靈創傷。」

塚原一屁股在鐵椅上坐下，若有所思。百合根大致可以想像得到塚原在想什麼，他一定是在想是否可能利用催眠術逼四人走上絕路。

赤城說：「我先聲明，要靠催眠術叫人自殺是不可能的，就算以催眠術給予強烈的暗示，人的生存本能還是會勝出，這是常識。」

「嗯，這我知道。」塚原說，「但是，可以教人吃藥吧。」

「這是可能的。」青山說。「不過，沒有對他們施催眠術的必要吧？死去的四人應該很信賴篠崎雄助，要他們吃藥他們就會吃了不是嗎？」

「這就難說了。」赤城說，「無論是哪一種安眠藥，只要用量正確，都不會睡到不醒人事，只會進入一般的睡眠狀態。如果要讓人吃下失去意識的量，光是命令他們吃恐怕不行。」

「可是，既然他會催眠術，就不必吃藥了，只要讓他們陷入深度催眠狀態就好。」

赤城什麼都沒說，代表他認同青山的話。

塚原無言地站起來，在白板上篠崎雄助的名字底下寫上「催眠術」。

這時候，去清查地緣關係的菊川等人回來了，他們無法像初步偵查那樣大有斬獲，也沒有掌握到任何確切線索。百合根有這種感覺，恐怕塚原和菊川也是這樣吧。

ST的成員們卻很淡定，沒有任何反應。青山沒有開口抱怨，百合根就已經謝天謝地了。

四名偵查員帶著一身疲憊，下班了。

7

一行人上午十點造訪苦樂苑，但阿久津昇觀正在指導信徒冥想，無法立刻會面。

於是，警方決定先與山縣佐知子談。這次一行共有六個人，百合根、塚原、山吹，加上青山、翠、黑崎。青山不知道想到什麼，說要跟來；翠和黑崎這兩人一組則是因為塚原希望他們能發揮人肉測謊機功能而要求同行，這對受訪者而言是一大群人，山縣佐知子頓時面露怯色。

塚原說明：「關於那四人的死亡，目前不排除他殺的可能性。」

山縣佐知子白皙的額頭上出現抬頭紋：「他殺？」

「所以，我們想再次詳細請教一些問題。」

山縣佐知子緊張地一一看過這一群人，可能是為了鎮定心情吧，她大口吸氣，緩緩吐氣。

「請到道場吧，我們去那裡談。」

她稱之為道場的，便是那些有隔音設備的小包廂。她找了一間空著的，請一行人進去，裡面開了空調維持舒適的室溫。房間中央有一張桌子，圍著幾張椅子，角落則放著黑色圓型的坐墊，百合根知道那是坐禪時要用的。

山吹看到那些說：「是『單』啊。」

「是的。這張桌子也可以輕易拆開，沒有桌子，這裡就會成為一個冥想的空間。」

「也就是禪定了。」山吹說。

「我以為所謂的坐禪是不論多冷的季節都沒有暖氣，在窗戶敞開的嚴苛環境下進行。」

百合根一這麼說，山縣佐知子便說：「那邊那位先生是曹洞宗的吧？我當主提過。」

山吹點點頭。

「那麼，您應該知道，道元禪師也說過禪定要在冬暖夏涼、坐在軟墊上進行。」

山吹回答：「的確。但是，一般修行者是在嚴苛的環境下坐禪。」

「那是為了成為專家吧？我們並不是要培養專業的宗教家。」

「專業的宗教家啊……」山吹抓抓頭，「是啦，是有很多種看法。」

塚原和山縣佐知子隔著桌子相對而坐，塚原左側是百合根，右側是山吹，百合根再過去是青山，山吹再過去則是翠和黑崎。

「那麼，」塚原注視著山縣佐知子說，「我想針對那四人再度請教，他們有沒有牽涉到什麼問題呢？」

「沒有。」

「那四個人，或者是當中有沒有誰與人結怨？」

「我想是沒有的。」

「當主與篠崎先生的對立相當嚴重嗎？」

「以我的立場，無法談論這個問題。」

「但是，妳在他們身邊，最能清楚看到這兩人的狀況不是嗎？」

「我接受當主的教導，篠崎也是一名指導者，對於指導者個人的問題，我沒有立場發言。」

「這應該不算個人問題，因為最後篠崎先生離開了苦樂苑，這已是整個教團的問題了吧？」

山縣佐知子不說話。塚原棄而不捨地繼續追問：「兩人的爭端是什麼時候開始的？」

「詳細時間我不清楚，請直接問當主。」

「當主與篠崎先生意見對立這件事，信徒們都知道嗎？」

山縣佐知子無言地思索片刻。百合根心想，她一定是在思考怎麼回答才得體。

終於她說了：「應該知道吧，這種事一下就會傳開。」

「他們兩人之間有金錢方面的糾紛嗎？」

山縣佐知子眼睛稍微睜大：「怎麼可能！他們都不是會執著於金錢的人。」

「可是，我不相信不在意錢的人會買這樣一棟樓。」

「這全都是為了信徒，當主的生活極其簡樸，他就住在這棟樓裡一個三坪的房間。」

「原來如此。那麼，男女關係呢？」

「他們沒有為世俗情欲的問題爭執過，完全就是因為指導的方法不同而對立。」

塚原從鼻子呼了一口氣，百合根聽不出這是代表了解，還是無法接受。

這時候，翠和黑崎對望一眼，塚原似乎也注意到了，他看著翠。

翠說：「妳說謊吧？」

山縣佐知子立刻轉向翠：「我沒有說謊。」

「至少妳有所隱瞞。」被人肉測謊機逮到了。

「我出於善意配合警方調查，你們不能這樣指責我。」

塚原說：「這是當然，但是我們這邊的狀況也發生了一點變化，既然是偵查他殺，查訪也不得不嚴厲一點。」

「我沒有隱瞞什麼。」

「當主與篠崎先生的對立，真的只是針對指導方法的不同嗎？」

「我剛才說過了。」

「只為了這個，篠崎先生便拋下一切離開這裡？」

「您會覺得只是小事，但對當事人來說，這比什麼都重要。」

「妳是說，他們兩人沒有失和？」

「至少我是這麼認為。」

「關於死去的四個人，據說是由篠崎先生負責指導？」

「是的。」

「篠崎先生是以自己的方法來指導他們的嗎？」

「那是不被允許的，在苦樂苑修行的人，都必須遵照當主的指導進行。」

「那是表面上吧。聽說篠崎先生在足立區的分院預定地進行過好幾次指導。」

山縣佐知子眼睛又再次睜大了些：「是誰說的？」

「篠崎先生本人。」

她也一樣小看了警方的偵查——百合根這麼想。

既然翠和黑崎都指出來了，那麼她一定是說謊或有所隱瞞。人有時候會臨時扯謊，日常生活中會遇到不少不想說實話的情況，然而對警方說謊絕對沒有好處。

山縣佐知子垂下視線：「我的確聽說篠崎會這麼做，也許當主覺得這是個問題。」

「平常那間房子都會上鎖嗎？」

「啊？」山縣佐知子大感意外地望著塚原，「上鎖？」

「對，擁有那間房子的鑰匙的只有三個人，妳、當主還有篠崎先生是嗎？」

「是的。」

「假如平常那間房子都上了鎖，那麼就是有人幫那四人開鎖。」

「其實，我不知道。」

「妳不知道？」

「嗯。那間房子是交由篠崎管理，我幾乎沒去過那裡。」

「篠崎先生離開這裡之後，是誰在管理？」

「當主，那本來就是當主買下的。」

塚原朝翠瞄了一眼，翠什麼都沒說。

敲門聲響起，門輕輕開了，阿久津昇觀出現了。

「讓您久等了。今天也是大陣仗啊。」

山縣佐知子問塚原：「我可以離開了嗎？」

塚原點點頭：「謝謝協助。」

「怎麼了？」阿久津昇觀說，「你們也和山縣談過了？」

「是啊，」塚原回答，「因為當初發表那四人的死是自殺，但隨著偵查有所進展，他殺的可能性升高了，所以我們才再次來請教各位。」

「他殺嗎？」

阿久津昇觀以右手食指推了推無框眼鏡，眉頭深鎖，眼睛眨了二、三次。

「那麼，我先告退了。」山縣佐知子離席，走向門口。換阿久津昇觀坐下，他神情嚴肅，環視房內的一行人。

「不是自殺嗎？」

塚原回答：「我們正同時朝自殺、他殺這兩個方向偵辦。」

這是給外界的回答，其實偵查的方向幾乎確定是他殺了，然而不必向一般人說這麼多，這是警方最恰當的回答。

「只是因為他殺的可能性升高，就出動這麼多人啊？」

「要看情況。」

「那麼，要問我什麼呢？」

「現在問題的重點在於那四個人為什麼會死在那房子裡。」

「關於這一點，我也想了很多，畢竟是信徒在分院預定地去世。」

「那間房子聽說都是交給篠崎先生管理？」

「是的。因為本來是計畫將來把分院交給篠崎主持。」

「你們不是在指導的方式上對立嗎？」

「我們的確意見相左。可是，我認為我們在根本上想法是相同的，上次我也說過了，我非常歡迎討論，問題可以透過意見互相激盪而獲得解決，我是這麼相信。」

「可是，篠崎先生卻離開了苦樂苑。」

「很遺憾，也許他需要一點時間。」

「聽說你們在指導的方法上發生了對立，具體上是怎麼回事呢？」

「他想將臨床心理學和醫學知識運用在修行上，而且偏好團體指導。我不否定心理學和醫學，但我認為應該把重點擺在個人的修行上。冥想與思索，以及辯論，這些比什麼都重要。」

「篠崎先生說宗教是科學的殘渣，我不太明白這是什麼意思，可以請你解釋一下嗎？」

「你們見過篠崎了？」

「是的。」

「既然如此，應該問他本人才對，」

「他是說過了，但我實在無法理解。」

「只要看看文明未開化的地方就很明顯，所謂的宗教和科學是同一回事。宗教是由領導者觀星相、定曆法、配藥、治療，以前治水和建築方面的知識也由宗教領袖獨占，這些知識對原始社會而言，是非常有用的。中國的道教也是如此，道教的修練理論分為儒家、墨家、陰陽家、神仙家、醫家等諸多學派，又融入了佛教，因而有十分複雜的發展。修行道教的人稱為方士，簡單地說，所謂的方士是中國古代領導先進科技的集團，因此人們對其十分崇敬。但是，隨著人類邁入文明，科學與宗教漸漸分離，這是理所當然的趨勢。科學獨自發展，宗教失去了重要的角色。篠崎所說的宗教是科學的殘渣，簡單地說就是這個意思。」

「的確，現代沒有人會說基督教、伊斯蘭教、猶太教是科學。」

「篠崎說，愈是全球性的大宗教，愈是失去原本在科學方面的功能。這些一神教最重要的教義被藏匿起來，由一部分的宗教權威獨占，好比說梵蒂岡，解讀聖經的重要祕密，就被梵蒂岡嚴密地保藏起來。」

「解讀聖經的重要祕密？」

「卡巴拉，即靈數學。也就是說，頻繁出現在聖經裡的144、7、666等的重要數字。這叫作歲差運動，地球的地軸繞一圈的年數之約數。」

「卡巴拉我聽說過。但是，為什麼要有靈數學？」

「有一說是為了要保持教會的權威，但也有人認為那其實是用來預測全球規模的天地變異。」

「全球規模的天地變異？」

「就是彗星或巨大隕石群的衝撞。有一說是西元前一萬一千年左右，地球文明曾一度毀滅，在那之前地球曾建立起高度文明，但在西元前一萬一千年滅絕，又必須從零開始，原因便是彗星或巨大隕石的衝撞，但是這無法追溯的文明留下了訊息，即蘇美的紀錄，以及殘存於世界各地、被稱為歐帕茲（Out-of-place artifact，簡稱OOPArt）的神奇遺蹟。近年有不少人高喊猶太教等世界性宗教是由這些記憶的蛛絲馬跡所形成的。耶穌基督想公開卡巴拉，讓猶太教更加完善，因而新約聖經裡頻繁地出現數字。卡巴拉是一種智慧，將代表天體運行的數字留在歷史中，絕對不會被人們所遺忘，它提醒人們要經常對一度毀滅文明的流星群和彗星提高警覺。」

「你說的是葛瑞姆．漢卡克（Graham Hancock）的學說嘛。」青山說，「是很刺激也很有趣，但有些地方就考古學而言是有矛盾的。」

「我對這些不是很清楚，但篠崎很相信這些。他說，佛教的佛典當中，最重要的就是108、49、72這些數字。例如彌勒菩薩誕生於人世，於龍華樹下得道，行三會說法，是在佛祖入滅後五十六億七千萬年後，篠崎說其實五十六億七千萬這個數字，就是從天體運行中計算出來的。還有密宗也是，他說原本的密宗是來自印度的冶金術，也就是煉金術的一種。」

「密宗是煉金術的一種？」

「是的。在古代印度，冶金的技術是最高級的科技，獨占該科技是婆羅門的特權。而礦工則是賤民之中的最底層，受到婆羅門嚴格管理。最高級的科學，以最高級的宗教之形式由婆羅門傳承，篠崎說這才是密宗真面目。的確，密宗會一邊燒護摩之火、誦經，將種種注有油的容器點火，那個樣子看起來簡直就像科學家在做實驗。」

「如果將這些照單全收，叫信徒相信，那跟新興宗教就沒有兩樣。」塚原說，「在我聽起來，就是邪教。」

「對，相當牽強附會，所以我無法接受。宗教在古代等同科學，這一點我同意，但是認定現在所有的宗教只不過是古代科學的殘渣，篠崎這個說法我難以贊同。」

「即使如此，你還是讓篠崎先生來指導信徒？」

「是的，他和我一起修行多年，我覺得我們共通的部分比對立的部分大得多，我認為交給他指導不會有問題。」

「可是，你們兩人之間的對立卻沒有消除，沒錯吧？」

「篠崎說，宗教不過是科學的殘渣，無法真正救人，因此須以科學的方法救助感到痛苦、來求救的人，換句話說，就是要運用臨床心理學和醫學。」

「他那樣的做法應該也有效吧？」

「可是，那不是苦樂苑應該扮演的角色。」

「死去的四人體內驗出了藥物，安眠藥。在苦樂苑的指導中，會使用精神藥物嗎？」

「我不是醫生，要是這麼做，會因為違反藥事法被逮捕吧？」

藥事法第四十九條。沒有醫師或牙醫師的處方，不得銷售、授予指定藥物，而各式精神藥物幾乎都是指定藥物。

「原來如此，那篠崎先生呢？」塚原說。

「他有臨床心理師的資格，但也不是醫生，應該無法開立處方。」

「你是說，篠崎先生不可能會給他們藥？」

「他的確是主張真正感到痛苦的信徒，應該暫時借助藥物，但是我不知道他實際上是不是真的這麼做了。」

「關於你們兩人對立的原因，純粹只是對信徒的指導方法有出入而已嗎？」

「不能一概而論。」

「哦！怎麼說？」

「應該說對宗教觀的理解方式有差異吧？我認為佛祖要我們透過冥想求

解脱才是最為重要的。從這個觀點來看，可以說是原教旨主義吧，但是篠崎卻想找出更偏向社會學的意義。」

「一個認定宗教是科學的殘渣的人，卻尋求宗教的社會意義？」

「他有時把話說得太絕對，一邊說宗教是科學的殘渣，其實卻也承認宗教的必要性。」

「儘管你們有這麼大的不同，你卻說你們兩個根本上的想法是一樣的？」

「是的，我們都相信釋尊的佛法能讓現代社會更好。」

「篠崎先生離開苦樂苑，是不是還有別的理由？」

「別的理由？」

「人際關係，例如男女之間的問題……」

「我和篠崎對這種事都不感興趣。」

「你是說，你們沒有因為人際關係而起衝突？」

「沒有。」

塚原又朝翠看了一眼。翠雙手交叉架在胸前，注視著阿久津，黑崎也一樣，看來兩人都難以判斷。

塚原繼續發問：「關於案發的那間房子，那裡平常都會上鎖嗎？」

「是的。我記得都會上鎖。」

「上次請教的時候，你也是這麼說。你確定？如果平常都會上鎖的話，那就是有人開鎖讓這四人進去，而那個人很有可能就是殺害他們的人。」

阿久津昇觀的表情忽然沉了下來，右手食指將無框眼鏡往上推，看樣子是他緊張時的習慣動作。他垂下視線思考，片刻後說：「我認為那裡總是上鎖的，我也是這樣交代山縣和篠崎，可是實際上如何，我不清楚。」

「你不清楚？」

「是的。篠崎一直到離開苦樂苑前，都經常使用那間房子，當時我認為遲早都要把那裡交給他，所以也沒有說什麼。買下那間房子後，我就幾乎沒有再去過了。所以篠崎是不是會上鎖，我不清楚。」

塚原無言地望著阿久津昇觀，翠和黑崎也同樣注視著他，百合根感到有股莫名的緊張。

「篠崎先生離開苦樂苑之後，鑰匙都還是在他那裡嗎？」塚原問。

「是我沒有注意到這件事，一直忘了那鑰匙，而且我也希望他終有一天會回來。」

「有可能嗎？」

「要看篠崎，我是希望他回來。」

「聽說你們從大學時代就認識了？」

「是的，他是個認真的學生，我玩得比較凶。」

「是私立的佛教大學吧？」

「是的。真正認真用功的篠崎到一般企業上班，我卻剃度成為僧侶，真諷刺。」

「你上次去那間房子是什麼時候？」

阿久津昇觀認真思索：「正確時間我不記得，滿久以前了。」

「最近都沒有再去嗎？」

「沒有。」

塚原點點頭，想了一會兒，闔上活頁筆記本，代表他問完了。

阿久津昇觀看了便說：「我接下來還有事，可以了嗎？」

塚原照例形式化地道謝。阿久津昇觀站起來，送百合根他們走出房間。一出走廊，就看到一個年輕人站在那裡，是町田智也。

他一臉緊張地獨自站在那裡，阿久津昇觀一出來便注意到他，問：「你是町田吧？」

町田智也顯得更緊張了：「是的。」

「聽說你和往生的那四人很要好，很遺憾。」

「是……」

「有什麼事嗎？」

「不是的，那個……我不是來找當主，是來找那邊那個……」

「你要找警方的人？」阿久津昇觀朝塚原看。

「正好，我們正想要去找你。」塚原說。

町田智也以打探的眼神看塚原：

「呃，那個，我想找的是那邊那位……」町田智也看著山吹。

所有人都一齊朝山吹看，山吹坦然地看著町田智也，神情鎮靜。

阿久津昇觀問町田智也：「你找他有什麼事？」

町田智也像挨了罵般，紅著臉不說話。

山吹說：「讓我們談談吧，不過在那之前，必須請你先回答這位刑警先生的問題。」

阿久津昇觀對塚原說：「我也可以陪同嗎？」

塚原反問：「為什麼？」

「他是我們的信徒，失去了要好的朋友，一定很難過，我對他有責任。」

「要麻煩你回避一下。」

「可是……」

「請你了解，我們是在辦凶殺案。」

「凶殺……」町田智也嘴半張著喃喃說。

塚原朝町田智也看，回答：「對，沒錯。當初發表是自殺，但現在有他殺的嫌疑，所以也可能是凶殺案。」

町田智也怯怯地環視每個人。

塚原說：「來吧，先來談談。可以再借用一下這個房間嗎？」

8

一行人回到房間，坐在和剛才一樣的位置，町田智也坐在山縣佐知子、阿久津昇觀坐過的位子。

塚原說：「很好，碰巧遇見了你。」

「不是碰巧。」町田智也說，依然顯得畏畏縮縮。

百合根覺得好像看到另一個自己似的，不禁難為情起來。

「不是碰巧？」

「對，我打電話來預約，苑裡的人說警察正在這裡，我想曹洞宗的先生搞不好也來了，所以……」

「你要跟他談什麼等一下再說，先讓我們針對案子問幾個問題。」

「請問，真的是凶殺案嗎？」

「我們認為也有這個可能，所以請你務必協助。」

「是。」

「首先，想詳細請問你和他們四人的關係。」

「上次說過了。」

「你和園田健是大學同學是吧？園田和吉野孝是透過網路認識的，吉野向你們兩人介紹了苦樂苑，而你們和田中聰美和須藤香織則是在苦樂苑認識，這些都沒錯吧？」

「沒錯。」

「你們五人當中，吉野和須藤在交往，而園田和田中也是一對，對吧？」

「這跟案子有什麼關係嗎？」

「掌握被害人的人際關係是很重要的，他們是不是情侶？」

町田智也朝青山瞄了一眼。百合根心想，他一定是在意上次他們去查訪時，被青山戳破的事。

「對，沒錯。」語氣聽起來有點自暴自棄。

「三天前的晚上，也就是案發當晚，你一整天都待在自己家裡？」

「是的。」

「你說你除了到附近的便利商店去買吃的以外，一直都待在家裡？」

「是的。」

「我們向便利商店問過了，店員無法確定，除此之外，還有沒有人能幫你作證呢？」

「沒有。」

町田智也表情顯得很不安。百合根心想，被刑警這麼問，任誰都會不安吧，這是正常反應。

「他們四個有沒有誰曾經跟人結怨？」

「我不知道。我想應該是沒有，不過……」

「不過什麼？你想到什麼嗎？」

「吉野他會在網路上到處留言，也好幾次在BBS上跟人家吵架，也許有人看他很不順眼。」

「在網路上吵架？」

「比真正的吵架還要陰狠。」

「這我倒是聽說過。除此之外，還有沒有什麼線索？例如跟誰起衝突之類的？」

「衝突？」

「像是三角關係。」

「沒有，我沒聽說。」

「有誰有金錢方面的問題嗎？」

「沒有，我想也應該沒有。」

「吉野和須藤是什麼時候開始交往？」

「不清楚，我是在一個月之前知道，不過我想他們應該很久以前就開始祕密交往了。」

「園田和田中呢？」

「我也是一個月前才知道的，他們好像是三個月前開始在一起，最近園田幾乎都住在聽美那裡。」

「換句話說，他們同居？」

「是的。」

「關於這件事，你怎麼想？」

町田智也輕輕聳了聳肩，「怎麼想？沒特別感覺啊。」

「五個人當中，只有你一個人處於孤立的狀態是吧？」

「這種事，我不大會去想，因為我是為了修行來苦樂苑的。」

「原來如此。」

百合根也聽得出來，這顯然是表面上的說法，塚原一定也感覺到了，町田智也其實很在意被孤立。

一段短暫的沉默之後，終於町田智也臭著臉開口：「要說人際關係的問題，這裡的幹部才有問題！」

塚原低頭抬眼注視著町田智也：「怎麼說？」

「這種事我很不想說，是你們都問一些私人的事，所以……」

「你說這裡的幹部，指的是誰？」

「當主和山縣小姐，還有篠崎老師。」

「這三個人的關係有問題？」

「只要是信徒都知道，就是三角關係啊。」

「三角關係？你是說，當主和篠崎先生在爭山縣佐知子小姐。」

「對，沒有人說出來，可是大家心裡都明白，篠崎老師會離開，真正的原因就在這裡。」

「請告訴我們詳細情形。」

町田智也又聳了聳肩：「詳細情形我也不知道，都是聽說的。好像是一開始篠崎老師快要和山縣小姐在一起了，當主又介入，可是我不知道當主是不是真的會做這種俗事。」

沉默。

塚原朝百合根看。百合根想說點什麼，又不知道該說什麼才好，便保持沉默。

又是一小段沉默。

塚原開口：「你說你找山吹有事？說吧。」

町田智也露出一臉困惑。百合根心想，他大概是想單獨跟山吹說，但是塚原顯然不讓他這麼做。

町田智也自我鼓勵似地做了一個深呼吸，然後說：「請問，可不可以讓我在寺裡禪修？」

山吹面不改色地說：「恕我拒絕。」

町田智也一臉驚訝地問：「為什麼？」

「禪修不是隨便想修就可以修，必須懷抱著拋棄一切的決心。」

「可是，我看電視常常有人在寺裡坐禪。」

「那是指導人們禪定，也提供一個體驗的場所，但是那和真正的禪僧修行不一樣。」

「禪修有那麼難嗎？」町田智也尷尬地問。

「簡單地說，非死即生。年輕的修行僧會被逼到絕境。首先，要入門就很困難，就算到寺裡說想入門，也不會馬上就被接受，通常要去上好幾次，寺方才會答應。」

「怎麼這樣……當主還說想修行的人，門永遠都是敞開的。」

山吹微微一笑：「拒絕入門，也是出於善意。禪修是很嚴厲的，拒絕入門，是無言地教導眾生即使不入門進禪寺也有別的生活方式，所以想要入門的人，要去問自己的心，也就是要有所覺悟。」

「道元禪師不是說只管打坐嗎？意思是叫我們一直坐禪就對了？」

「這樣的說法就好像在說，舉個例子，職棒選手一直打丟到面前的球而已。」

「那，我們在苦樂苑裡做的修行，就是外行人打棒球了？」

「這要看目的是什麼。如果是要真的體驗佛性，領悟一切眾生悉有佛性的話，你所說的苦樂苑的修行，連棒球都稱不上，頂多是為了玩傳接球而學戴棒球手套吧。但是因自己程度也僅僅如此，若能得到滿足，那也就夠了。」

「你說的嚴厲修行，究竟有多嚴厲？」

「首先，入門的人必須徹底打破執著和偏頗的心，無謂的自尊和一知半解的知識會阻礙修行，這些都要徹底去除。實際上，入門的人會遇到所有的霸凌欺侮，比如坐禪時會有人推你的額頭，讓你翻倒，這類的事會一直不斷反覆發生，還有不斷被香板打、無論再冷都沒有暖氣。對，道元禪師的確說過只管打坐，禪修就是純以坐禪來培養心性，不斷挨打、忍受霸凌，被推到谷底深淵再爬起來，即使如此也要坐禪的心性。」

町田智也咬住嘴唇。

「但是，」山吹接著說，他的語氣始終是平平淡淡，「這說的是修行僧，對一般民眾當然不會這麼做，因為目的只是讓一般人體驗什麼叫禪。」

「體驗也可以，請讓我到寺裡去坐禪。」町田智也說。

「現在天氣很冷，你願意？」

「願意。」

山吹點點頭：「很好，隨時歡迎你來。」

塚原和百合根商量之後，決定先回一趟綾瀨署。

話說回來，沒想到町田竟然說要到山吹家的寺院去坐禪。

百合根心想恐怕他從頭一次見到山吹就開始這麼想了。說到這，他一知道山吹是曹洞宗的僧侶，就一副欲言又止的樣子。他要坐禪的話，在苦樂苑就可以了，卻說想要體驗真正的禪，是因為苦樂苑的修行無法滿足他嗎？反觀山吹一副老神在在，簡直就像早就知道町田智也會這麼說，也許他真的預知此事，百合根側面看著山吹超然物外的神情這麼想。

「阿久津有沒有說謊？」回到署裡，塚原一屁股在鐵椅上坐下便問翠。

翠雙手交叉架在前胸，一臉苦思：「不清楚。」

「不清楚？搞半天，原來ST引以為傲的人肉測謊機也不怎麼樣嘛。」

「我並沒有以此為傲。如果只要單純地回答你的問題，那答案是沒有，他並沒有說謊的徵兆，但是有些地方怪怪的。」

「哪裡怪？」

「他的心律幾乎沒有變化，一般來說是不可能的。被警察訊問，任誰都會緊張，視問題的內容，即使沒做虧心事心情也會有所起伏，所以一般而言心律多少都會有些變化，但是阿久津昇觀身上卻感覺不到這樣的變化，黑崎那邊的感覺也一樣。」

黑崎無言地點頭，赤城代他說：「黑崎能夠聞出出汗量和腎上腺素等亢奮物質的分泌。沒有變化，就表示阿久津昇觀既不緊張，也不激動。」

塚原問翠：「這在阿久津昇觀身上算是不自然？」

「生理反應太過平淡了。」

「這不是什麼不可思議的事。」山吹開口，所有人的目光都一齊集中在他身上。

「阿久津昇觀和苦樂苑的信徒不同，他本身一定有深厚的禪修功力。」

「那又怎麼樣？」塚原問。

山吹平靜地回答：「就是吐納啊，禪定的時候要調息，那是一種緩慢的腹式呼吸，要意在丹田，這麼一來，心跳和呼吸次數都會減少而穩定，血壓也很穩定。我想，阿久津昇觀在我們訊問期間，一定一直都在調息吧。」

「你是說，他藉由那麼做來控制生理反應？」塚原問，「辦得到嗎？」

「辦得到。」

「天啊，禪還真可怕。」

「可是，為什麼？」青山問，「為什麼阿久津昇觀要利用禪的技巧來減低生理反應？他不可能知道我們有人肉測謊器吧？」青山已經在這個房間裡找到屬於他的位子，他固定坐的那個位子前，桌上散亂著各式各樣的資料，沒有任何一份文件呈現同一個角度。

赤城回答了青山的疑問：「就算不像翠和黑崎那麼敏銳，一般人也能感覺得出對方的緊張和不安，這些情緒會出現在神色表情上，阿久津多半是不願意被看出來吧。」

「所以我才問為什麼，」青山繼續問，「為什麼阿久津昇觀不想讓人看出他內心的起伏？」

塚原說：「如果町田智也說的是真的，那他當然不太想讓人知道吧。」
「你是說三角關係？」
「沒錯。」
「這種事，隨便問一個人就知道了啊，町田智也也說了，每個信徒都心裡有數，會不會是有別的事想隱瞞？」
「這恐怕不好論斷。」山吹說，「希望盡可能隱瞞男女之間的問題是人之常情，再說，緊張是一種令人不愉快的情緒，所以他也可能是利用禪的技巧來回避。」
「可是啊，」青山說，「不能否定阿久津昇觀可能有所隱瞞。」
山吹什麼都沒說，只是表情沉穩地看著青山。百合根當然也覺得不能輕易排除阿久津昇觀說謊的可能，但是他更在意的是，向來深思熟慮的山吹聽起來很像在為阿久津昇觀辯護。
這時候，去查探地緣關係的菊川和西本回來了。
「喂，綾瀨署少年仔挺能幹的喔！」菊川說，語帶興奮。

「什麼話？」塚原說，「綾瀨署是最前線，隨便混都會是優秀的刑警。」

「就是炭烤爐啊！」

「炭烤爐？」

「現場殘留的東西很少，我就請你們家西本去找貼門窗的膠帶和炭烤爐是在哪裡買的。」

「查出炭烤爐是在哪裡買的嗎？」

西本露出一絲笑容，說：

「以前家家戶戶都有炭烤爐，如果是在那個時代，大概就找不出來了。現在只有幾家廠商還在生產，販賣的商家也有限，所以我很快就找到製造廠商，也列出販賣的商家。在清單當中，有一家位於合羽橋的烹飪用具專賣店『酒井』，查出去那裡買那個炭烤爐的人，正是篠崎雄助。」

塚原一臉驚訝：「這是真的嗎？」

西本臉上寫滿自豪：「錯不了，一名店員還記得。據說，篠崎雄助是那家店的常客。我倒是沒想到一個宗教團體的幹部，竟然會是烹飪用具店的常客。」

百合根說：「我聽說很多人都很喜歡逛合羽橋。那裡雖然賣的是專業用的烹飪用具，但外行人去逛逛也會覺得有趣。」

塚原說：「什麼時候買的？」

「大約一個月前。」

「一個月嗎？要判斷是否是為犯行而買的，實在有點微妙。」

百合根驚訝地問塚原：「你是說篠崎雄助是嫌犯？」

「沒什麼好奇怪的啊，他和死去的四人那麼親近，又去買了被用來犯案的炭烤爐也是事實，再說他也支持使用藥物。」

「動機是什麼呢？」

「這就不知道了，我想得再和本人談談。」

「那個町田智也，」百合根說，「為什麼會說想到山吹家的寺院去修行呢？」

塚原邊想邊答：「可能是心中有很多迷惘，想要破除這些迷惘吧。」

「迷惘？」

「町田智也也是嫌犯之一，五個人的小團體當中，只有他活下來。」

「嫌犯？動機呢？」

「本來以為他們是感情融洽的小團體，但除了他，卻出了兩對情侶，他應該會覺得自己遭到背叛，就算心懷怨恨也不足為奇。」

「光這樣就會殺人嗎？」

「作為殺人的動機是綽綽有餘了，」青山說，「異性間的糾紛是最根本的問題。」

百合根還是對於町田智也想從山吹那裡尋求什麼感到好奇。

「山吹，町田智也在你家寺裡體驗禪修的期間，可不可以也讓我一起去？」百合根問。

「哦！頭兒也想坐禪嗎？」

「嗯，我想和町田智也一起體驗看看。」

「這當然沒問題。」

「這樣也可以貼身監視町田智也。」塚原說，「這個主意不錯。」

菊川說：「少了警部大人，偵查員人手就更少了。」

塚原回答：「總有辦法的，要是真忙不過來，我再去我們強行犯組裡拉一個人來。」

「要是拉得到人就快點去拉啊！」

「我說了，要是真忙不過來的話啊，我們這裡永遠都人手不夠。」

「哪個警署都一樣吧。」

「好了，去找篠崎雄助和他談談吧！」塚原站起來。

菊川說：「我們也要再去案發現場周邊查訪。」

塚原要求人肉測謊器同行，看樣子他還滿喜歡他們。山吹和青山也說要一道去，結果又是六個人浩浩蕩蕩出馬。百合根心想，這樣子會不會太沒效率了？但ST沒有偵查權，所以也只能如此。

赤城留在署裡進一步詳細分析鑑識報告。

一到外面，東北季風便迎面襲來，行道樹的葉子都枯了，季節確實已從秋天邁向冬天。都會的冬天很冷，柏油和水泥構成的世界冷得刺骨。冬天就要來到東京了，該是拿出大衣的時候了——百合根低頭望著腳邊走邊這麼想。

9

篠崎雄助住在JR大塚站旁的一間套房，像是學生會住的那種。由於他離開苦樂苑沒有多久，應該才剛搬來不久。這棟公寓沒有自動門鎖。

一行六人前來拜訪，讓篠崎雄助驚訝地睜大了眼。

「我們想再詳細請教一些問題。」

「啊啊，嚇我一跳，我還以為會被逮捕。」

「你做了什麼會被逮捕的事嗎？」

「不是啊，是因為這麼一大群警察一起上門。」

「這個嘛，我們也有我們的苦衷。」

「我很想請各位進來，不過我這裡很小，沒地方讓這麼多人坐。」

「我們站著就可以了。」

「那就請進吧。」

房間裡正如篠崎所說的，實在不大。然而，房間本身並不小，鋪木地板，大小約有五坪左右。問題是擺設，每一面牆都擺了書架，而且書還多到從書架上滿出來，堆在地板上，也可能是剛搬來還沒整理好，再不然就是根本沒想到要把東西整理好。一進門右手就是流理台，書都已經蔓延到流理台旁了。

「哇喔！」青山低呼，這個雜亂的房間，的確符合他的喜好。

「我知道的，上次都說了啊。」篠崎雄助說。百合根等人確實都得站著談話，翠和黑崎站在距離篠崎雄助相對較近的位置，青山自個兒和他們保持距離，環視這些為數驚人書籍。

塚原說：「因為狀況和上次略有不同。」

「有什麼變化？」

「他殺的可能性增強了。」

「他殺？」篠崎雄助再度睜大了眼睛，顯然非常驚訝。

「是的，我們必須再確認幾件事。」

「死去的是我所指導的信徒，我願意配合。」

「關於你離開苦樂苑的理由，有傳聞說是因為你與阿久津和山縣之間的三角關係。」

篠崎雄助仰天笑了：「哎，真丟臉！你們看我這副德性，和阿久津爭女人根本沒有勝算。」

「那麼，傳聞是事實了？」

「是真的啊，也在信徒之間傳開來了。我在苦樂苑待不下去是事實，但是我離開苦樂苑最大的理由是想實踐自己的方法論。」

「那麼，阿久津和山縣他們兩個在一起了嗎？」

「這個嘛，他們兩人關係進展到什麼程度我就不知道了，但是我們的三角戀和四人的死有什麼關係？」

「不知道，只是我們必須釐清死者身邊的人際關係。死去的四個人也是兩對情侶，吉野孝和須藤香織是一對，而園田健和田中聰美在一起。」

「好像是。」

「所以在這一群人當中，町田智也是孤立的了？」

篠崎雄助頓時神情黯然：「我也是沒有女人緣，所以很了解町田的心情，也很想幫他。」

「町田和他們相處情形如何？」

「他裝作不在意他們的交往。」

「他和他們四個人在一起，應該很難受吧。」

「想必是的。」

「即使如此他還是和他們一起行動？」

「都一起。他和他們一起行動一定很不好受，但獨自一個人離開可能更難受，因為他會變成孤伶伶的一個人，也許他覺得主動離開，等於是承認失敗。」

「至於那間房子的門，真的隨時都沒有上鎖嗎？」

「是的。其實，阿久津交代要上鎖，但我想反正那裡跟空屋沒兩樣，鎖不鎖都沒差，所以就沒鎖。要是我乖乖鎖好，也許就不會出事了。」

「四人的死因是一氧化碳中毒，他們用炭烤爐燒炭。那個炭烤爐是你買的嗎？」

篠崎露出驚訝的神情：「對，是我買的。哇，警察真的什麼都查得到啊。」

「你是在一個月左右前買的？」

「是的。」

「買的目的是？」

「烤肉啊。」

「烤肉？」

「嗯。我在那間房子進行團體指導後，有時候大家會一起吃烤肉，因為烤肉還是炭烤最好吃，所以就買了那個爐。」

「網子呢？」青山在與他們有一小段距離的地方問，「現場沒有烤肉用的網子啊。」

「有人帶回去了。我想是有人從家裡帶他們烤肉用過的網子來，記得好像是田中吧。」

青山沒再開口，大概是接受這個答案也或者是失去了興趣。

塚原問：「一起烤肉的人是？」

「死去的四人，和町田，再加上我，一共六個。」

「這麼說，除了你以外的五個人，也都知道那裡有炭烤爐了？」

「當然。」

「除了你們，還有人知道那間房子裡有炭烤爐嗎？」

篠崎雄助想了想：「沒有。」

「你是什麼時候離開苦樂苑？」

「大約十天前。」

「確切日期是？」

篠崎雄助看了看牆上的月曆。那是畫有卡通人物的月曆，每一張有兩個月份。

「十一天前。」

「你離開苦樂苑後，也在那間房子進行指導？」

篠崎雄助苦笑：「其實，我把大家叫去過那裡一次。」

「大家？」

「死去的四人和町田。我已經離開了苦樂苑還召集大家來進行指導，我覺得不太好，可是他們又要求我指導。」

「這件事阿久津知道嗎？」

「這就難說了。我沒說，但是也許他從什麼管道得知也不一定，也可能是死去的四人當中有誰說了。」

「那時候，你們使用了安眠藥嗎？」

「沒有。上次我也說過，沒有醫生的處方給藥是違法的。」

「你用了催眠術嗎？」

「催眠術？」

「對，你有臨床心理師的資格吧？也會催眠術。」

「連這個你們都查了？我果然是嫌犯。」篠崎雄助半開玩笑地說。

塚原沒有配合他的玩笑話，繼續追問：「所以呢？你用了催眠術嗎？」

「我從來沒對他們使用過催眠術，因為沒必要。在心理療法上，催眠術經常用來挖掘潛意識中的心理創傷，這對原因不明的行動障礙或恐慌症很有效，但他們沒有這方面的徵狀。」

「這是真的吧？」

「你們可以去問町田。」

「我們會的。」

「嚇死人了，原來我真的是嫌犯。」

「不，你只是重要參考人之一。我們非要什麼都調查，否則心裡就不舒服。」

「我沒有殺害他們的動機。」

塚原本來看著活頁筆記本，聽到篠崎雄助的話抬起眼來。

「目前是可以這麼說。」

篠崎雄助的內心起了波瀾嗎？百合根觀察著他。翠和黑崎可能正在感測他的變化，百合根朝翠看，翠注意到了，看了百合根一眼，什麼都沒說，把視線移開。

「拜託，刑警先生，我也是受害者啊。」篠崎雄助說。

塚原問：「什麼意思？」

「我是說，我獨立的構想變成一場空了。」

「獨立的構想？」

「是的。我離開苦樂苑，是為了獨立，那五人本來應該會跟隨我。」

「才五個信徒就要獨立？」

「那是最初的一步，我有把握立刻就爭取到信徒，但是我的第一步就受挫，五個人竟然死了四個。」

「阿久津說，他相信過一段時間，你就會回苦樂苑。」

一聽到這句話，篠崎雄助的表情立刻顯露疑惑：

「那是不可能的，我已經明白告訴過阿久津，我要獨立。」

「這就奇怪了。」

「對，真的很奇怪。」

兩人的說詞產生了矛盾，這是怎麼回事呢？百合根想。

他認為篠崎雄助所說的合情合理，若是想帶著五名信徒獨立，死了四個人的確是一大打擊，他不但要承受失去弟子的悲痛，也失去了對將來的展望。

塚原說：「你所說的，宗教是科學的殘渣這句話，阿久津為我們做了說明。在原始的宗教中，科學與宗教是一體的，這個我能理解，然而你似乎認為靈數學才是宗教的本質，這點我覺得已和新興宗教沒有太大的差別。」

篠崎雄助又高聲笑了：「關於卡巴拉，我只是舉了一個例子。我既非神祕主義者，也不是偽科學的信徒。只是聖經上出現的數字，的確能解釋成從天體運行導出的數字，這一點葛蘭姆．漢考克有詳細的論述。」

「這些，站在那邊的青山也為我們解說過。」

「但是，歷史上當科學與宗教對立的時候，大多都是宗教獲勝，結果便是妨礙了科學的進步。伽俐略就是一個很好的例子。他根據科學推測支持地動說，卻被送上宗教法庭，不得不否認地動說。所以我才認為不能讓宗教握有權力，說宗教是科學的殘渣，最好要有這樣的認知。不過就算是科學的殘渣，依然有其作用。你們知道以薩·艾西莫夫（Isaac Asimov）的《夜幕低垂》（Nightfall）嗎？」

塚原搖搖頭：「不知道。」

「我記得故事大致是說人類生活在一個有六顆太陽、不知道黑暗是什麼的行星上。」青山說。

篠崎雄助開心地說：「對！這本書也改編成電影。那個行星在事隔兩千年後的現代將有夜晚來臨，原因是未知的行星所造成的日蝕，那個世界的大學隱約查覺到有那顆行星，想公開發表二千年一次的夜晚是日蝕造成的；另一方面，有一個宗教團體則死守著二千年前夜晚的記憶。害怕夜晚的民眾想自行縱火滅村。大學想發表未知的行星以安撫民眾，但敵視大學的宗教團體卻大舉攻擊大學，將所有學者殺光。終於，日蝕來臨了，人們害怕黑暗，開始縱火，就這樣，人們一一死去……這部作品明確地表達了艾西莫夫想傳達的訊息，即盲信的愚昧。」

「那的確是一部以科學與宗教的對立為探討主題的作品。」青山說。

「人們不能重蹈覆轍，我是這麼認為。」

「你認為阿久津是愚昧的？」青山問。

「我沒有這麼想，只是不能否認的是，他過於依賴領導者的個人魅力。」

「無論是什麼樣的團體，領導者都必須要有個人魅力不是嗎？」

「可是，個人魅力不能真正救人，只會衍生出盲從，更別說，阿久津太強調個人的修行了。也許他確實是個很堅強的人，但世界上並不是每個人都那麼堅強，正因如此，才會想要向別人求救。」

「可是啊，」山吹說，「到頭來也只有自己才救得了自己。」

「對，可是在那之前，我們可以伸出援手。」

「町田說要到我家的寺裡來體驗禪修，這是為什麼呢？」山吹說。

篠崎雄助的表情瞬間暗下來：「町田嗎？這樣啊……我想，他也想了很多吧。」

青山說：「這不就代表不論是苦樂苑還是你的指導都不能滿足他嗎？」

「他大概想多方體驗吧。這點我並不否定，無論什麼經驗，一定都有它的用處。」

「你本來是要把町田從苦樂苑帶到你那裡去？」

青山這一問，只見篠崎雄助大方地答道：「對，我是有這個打算。這不是為了我，是為了町田。他需要我的指導，苦樂苑救不了他。」

「你為什麼會這麼想？」

「從他說想到寺裡去修行不就很明顯了嗎？他不夠堅強，無法自行破除迷惘，所以他需要有人來引導，而心理治療在這方面是很有效的。」

「是嗎？」青山說。

「他現在正處於迷惘之中，掙扎著想要脫困，一定要有人幫他。」

山吹問：「如果是你，就能幫得了他？」

篠崎雄助正色注視山吹。他說：「是的，我認為我可以。」

10

「命案現場是苦樂苑分院的預定地。」回到署裡，塚原說。

「死去的四個人是在苦樂苑認識的，他們沒有其他明顯的糾紛，而用來作案的炭烤爐本來就在那房子裡，綜合上述，可以推論兇手應該與苦樂苑有關。」

菊川和西本也回來了。

菊川說：「從間接證據來看，最該懷疑的是篠崎雄助吧。」

「但是，他的動機薄弱。若是他要自立門戶，失去那四人，的確是很傷。」

「那得要獨立的計畫都按照預定進行為前提，」青山說，「篠崎雄助可能是打算帶著五名信徒獨立，但那五個人也許並沒有這個意思。」

塚原看著青山邊思索邊說：「想得好好的自立門戶，卻因為信徒不照他的計畫走，就火大了是吧。」

菊川皺起眉頭：「可是，就為了這點事殺人？」

「很可能是有把柄落在他們手中。」青山說，「他可能做了什麼在苦樂苑沒辦法做的違法行徑，比如說，給他們安眠藥之類的。他本人雖然否認，但還無法推翻嫌疑。當初可能因為要一起獨立而感到安心，覺得這麼一點小事不算什麼就做了。可是，這五個人卻說要留在苦樂苑不跟著獨立了，這樣對篠崎雄助來說就不妙了。」

「喂，」塚原說，「看你愈說愈起勁，你不知道臆測是偵查大忌這句話嗎？」

「才不是臆測，是推理。」

「又沒有依據，死去的那四人和町田智也也可能打算跟著篠崎啊。」

「至少，町田智也還沒有下定決心。」

「你怎麼會這麼想？」

「因為他說他想到山吹那裡去禪修。如果他真的信賴篠崎雄助，就不會說出這種話，然而他從頭一次遇見山吹就有這個念頭，這就說明了他對篠崎雄助的挖角並不怎麼感興趣。」
「話是沒錯。」
「篠崎雄助是那種一頭熱的人，一想到什麼，若不付諸行動就不甘願。」
「你怎麼知道？」
「首先是他的經歷。他說他在公司上班的同時，也擔任志工，後來進了苦樂苑當內弟子，同時開始指導，然而又不知什麼時候取得了臨床心理師的資格。他非常具有行動力，但看他現在的生活，很難相信他的行動有什麼成果，沒做好準備就衝動地離開了苦樂苑，住在學生套房。和阿久津昇觀一比就很清楚，阿久津昇觀坐擁大樓，又在足立區的公寓買了一間房。」
「你是心理學者是吧，那你這些分析應該也頗值得參考。」
「篠崎雄助是好奇心強又有行動力的人，這要是往好的方面發展就罷了，要是往壞的方面走，就會是善變、沒有耐性、容易衝動。」
「的確。」塚原說，「從門鎖、炭烤爐等各個線索來看，不能不懷疑篠崎雄助。」

「不過，這種人不適合犯罪。」

「你說什麼？」

「就算他們自以為計畫周密，但還是不夠精細，處處有漏洞，就像這次一樣。貼門窗的膠帶也是，如果是篠崎雄助這樣的人來貼，就會像這次案發現場那麼草率，把留下來也不會造成問題的膠帶捲帶回家、把藥的包裝清理掉，反而看起來不像自殺。」

百合根吃了一驚，對青山說：「那麼，你認為篠崎雄助是兇手？」

「並不是，我只是說有這樣的可能。」

「這也算是人物側寫的一環？」菊川問。

「沒那麼誇張，還不算人物側寫啦，只是我個人的一點感想。」

「要說動機的話，町田智也比較強吧。」塚原說，「他一定是覺得被自己信賴的同伴背叛了。你也說過，男女之間的爭執是最根本的問題，很可能成為殺人動機，不是嗎？」

「對，就動機而言是可能的。但是，沒有契機就不行。」

「契機？」

「町田智也經常處於迷惘之中。他是自己無法做出決斷的人，總是在等別人指令，從這一點來看，篠崎雄助說的是對的。也就是說，目前看來，若沒有人拉著他，他什麼都不會做，這樣一個人，很難相信他會主動計畫殺人，我認為他只會東想西想，不會實行。」

「原來如此。」

「只不過，要是有了契機就另當別論。」

「他被孤立這件事不算嗎？」

「要更具體的，這麼一來他失去了判斷的基準，就管不住自己了。然後，他雖然會做計畫並加以實行，但做的事卻很粗糙，因為他的心失了分寸，不知道自己什麼該做、不該做，最終還是無法依照計畫行事，於是把膠帶捲、安眠藥的包裝、裝飲料的紙杯這些都匆匆帶走。」

塚原一臉沉思地說：「篠崎雄助和町田智也，兩人類型完全不同，卻可能做出同樣的事。」

「是啊。」

「那麼，如果是阿久津昇觀犯案的話，會是什麼情況？」

「應該會更細緻周全吧，恐怕從頭到尾看起來都會像自殺，搞不好已經被當作自殺結案了。」

「可是，犯罪者必定會有失誤之處。」

「篠崎雄助、町田智也、阿久津昇觀，這三人當中，最不會失誤的，就是阿久津昇觀了。」

「可是，」百合根怯怯地說，「篠崎雄助和阿久津昇觀的說詞有幾個地方有出入，這讓我很在意。」

「我想篠崎雄助常常莽撞行事，好比說上鎖的事，阿久津昇觀對篠崎雄助說要上鎖，可是篠崎雄助認為無所謂就沒鎖，獨立的事也可能只是篠崎雄助以為已經溝通過了。」

「我想阿久津昇觀也不乏動機。」百合根說，「他可能無法接受那五人要跟著篠崎雄助一起離開苦樂苑。少了那五個人，對篠崎雄助而言是一大打擊，而且也能守住苦樂苑，否則被挖走的恐怕不止五個人吧。篠崎雄助獨立的話，也許有很多信徒會到他那邊去，為了阻止這樣的事情，有必要讓篠崎雄助的獨立重重受挫。」

「我想阿久津昇觀沒那麼笨。」青山說，「不過頭兒的著眼點不錯，萬一有人盲目崇拜阿久津昇觀，就有可能基於同樣的理由為了他犯案。」

「例如，」塚原說，「山縣佐知子。」

「對，」青山說，「阻止篠崎獨立，也防止弟子流失，不是阿久津本人，而是有人為了他這麼想。若說是山縣佐知子，就大有可能，她也不是那種犯案時精明俐落的人。」

塚原加以確認：「換句話說，她也有可能造成像這次這樣的命案現場？」

「對。」

塚原問百合根：「你覺得呢？」

百合根想了想：「我已經搞不清楚現在我們究竟是過濾出嫌犯，還是人人都有可能了。」

「會嗎？我倒是覺得偵辦的路線終於整理出來了，多虧了他的分析。」

塚原朝青山看。

青山說：「這才不是分析，只是把事情整理一下而已。」

「再來就是刑警的工作了。既然路線清楚了，就要沿著路線一一確認。」

「那，」青山說，「我可以回家了嗎？」

11

大家正要解散時，電話響了。

西本接起，是町田智也打來找山吹的。

山吹說明了自家寺院的地點，掛了電話。

「他說明天要去寺裡。」

百合根點點頭：「那麼，我也去。需要準備什麼嗎？」

「什麼都不需要。」

「明天是星期六，」塚原說，「我們工作是不分週末假日，不過警部大人跟和尚只要星期一再來就行了。」

「那就不好意思了。」百合根說。

「如果頭兒願意的話，要不要今天就直接到寺裡？」山吹向百合根提議。

百合根思考了一下是否有必要回家一趟，不過似乎不回去也無妨。

「好，我就直接跟你回去。」

本廳的ST眾人搭了百合根這句話的順風車，一起離開了綾瀨署。

山吹家的寺院位於世田谷區的砧這個地方，最近的車站是小田急線的祖師谷大藏，距離綾瀨署最近的車站是地下鐵千代田線北綾瀨，千代田線與小田急線直接連接不必換線，所以儘管由東向西橫貫整個東京，卻很輕鬆。山吹上了電車之後就幾乎沒有說話，即使如此百合根也不覺得悶，可能是因為山吹的態度使然吧。路程很長，什麼都不說也很不自然，於是百合根向他搭話：「這案子，好像變得很奇怪啊。」

「頭兒，最好不要在署以外的地方拿偵查的事當話題吧。」

「啊，說的也是。」

「不過，」山吹說，「的確是很奇怪。」

「塚原說看到路線了，但我只覺得混亂。」

「覺得混亂，會不會是因為急著找答案呢？」

「可能吧。」

「放心，遲早會看見真相。」

百合根不禁去看山吹的側臉。

「難不成，你已經有頭緒了？」

「怎麼可能。」山吹沉著地笑了，「我只是想著要順其自然而已。」

「順其自然啊……」

「想忤逆真實的人，一定會有不自然的舉動，我們只要順其自然，就能看見那些不自然的舉動，這不是很簡單的道理嗎？」

「噢。」

接下來山吹就一直保持沉默。

祖師谷大藏站前是長長的商店街，據說是三條商店街構成的。

「我可以去一下便利商店嗎？」百合根說。

「可以呀，要買什麼嗎？」

「我想至少買個內褲。」

「我真是粗心，想說頭兒明天要特地跑來太辛苦，才請你今天就過來，反而造成你的困擾。」

「不，沒這回事，真的就只是買個內褲而已。」

百合根到便利商店去買了兩件內褲和兩雙襪子。

穿過商店街，經過住宅區，不久四周就靜得令人不敢相信是在東京，樹木也愈來愈多，枝椏隨著北風搖曳。那些枝椏幾乎都沒有葉子，人行道上枯葉飛舞。風好冷，百合根雙手插在口袋裡，縮著身子走路，他身旁的山吹則是背脊挺得筆直，以平常的步調走著。

「是在砧攝影棚旁邊是吧？」百合根說。

「是的，馬上就到了。」

過了一會兒，出現了茂密的雜木林。走進這座雜木林之前，已看到一座壯觀的山門（編按：佛寺大門），看來山吹家的寺院比想像中還大。山吹老說是小寺，那顯然是謙遜之辭。

山門裡很暗，幾乎沒有人工照明。百合根的腳底感覺得到雜木林散落的枯葉。本堂就在正面，沉浸在黑暗中，看來頗氣派。

「這邊請。」

山吹帶他到本堂左後方，大概是庫裡（譯註：日本寺院住持及其家人生活之處），他應該是在這裡生活吧。來體驗坐禪和修行的人，也都在這裡起居。庫裡有好幾個房間。

「晚餐已經結束了，你肚子餓嗎？」山吹問。

「不餓，我沒關係。」

百合根其實是想吃點東西，但不禁這樣回答。

「洗完澡之後，今晚就請好好休息吧，禪寺的早晨是很早開始的。」

「幾點要起床？」

「本山的雲水（譯註：到處漫遊的行腳僧）是上午三點起床。」

「三點？還是半夜吧？」

「我最晚是五點，頭兒也是那個時間就可以了。」

五點還是很早。

「好的。」

「那麼，請開浴。我來帶路。」

「開浴？」

「就是洗澡。」

浴室很老舊，看樣子不是用瓦斯，而是燒柴的，這樣的生活真教人不敢相信。這年頭，瓦斯恐怕比燒柴來得便宜吧。

脫衣處冷得令人發抖，風從縫裡竄進來；浴室裡很昏暗，木製的踏腳板看起來也有年代了。浴缸也是木製的，像水桶一樣周圍是一片片木板，再用鐵圈箍起來。浴室也很冷，百合根連忙潑熱水，差點叫出聲來，趕緊泡進浴缸裡，才總算鬆了一口氣。熱水的溫度剛剛好，大概已經有好幾個人泡過，水質變軟了。果真，這水和瓦斯燒的熱水似乎不太一樣，百合根忍不住感慨。有燒柴的味道，懷念的感覺油然而生。

燒柴的味道，自己是在哪裡體驗過的呢？想不起來，卻感到懷念，也許這不是個人的記憶，而是人類的集體記憶。

水滴從天花板上滴下來，這個觸感也令人懷念。

從浴缸裡出來，把身體洗乾淨。這段期間，身體愈來愈冷，必須不斷拿小水桶舀熱水從肩頭潑下，百合難得洗澡洗這麼久。

脫衣處已經準備好作務衣了，是黑色的。山吹的聲音隔著玻璃門傳過來：

「請穿上那件作務衣，從明天起，要請頭兒穿那作務衣生活。」

「好。」

百合根沒穿過作務衣，但穿法很簡單，憑直覺就可以穿好。

抱著西裝、白襯衫走出脫衣處，山吹便帶他到過夜的房間。這房間約三坪大，房裡只有拉門和隔間紙門，沒有任何裝飾，隔間紙門上也沒有圖案。被褥已經鋪好了。

「頭兒沒有帶睡衣來吧，如果不介意的話，請穿我的。」

那是很普通的運動服和運動褲，但在這裡卻令人感到不自然。

「你穿這種睡衣啊？」

「當然，這裡是我家，我平常也會穿居家服啊。那我也要開浴就寢了，頭兒也請休息吧。」

一看時間，才剛過九點。

「這個時間不知道睡不睡得著。」

「總之就是躺在被窩裡，然後不要多想。明天五點起床。」

「好。」

「那麼，晚安。」

山吹一走，房裡就顯得更安靜了。若在平常，百合根一回到家就會立刻打開電視，也沒有特別要看的節目，就是習慣這麼做。平常幾乎沒有體會過沒有聲音的生活，覺得耳朵深處好像聽得到聲音。的確，在安靜的地方，腦海中會有聲音。

百合根鑽進被窩，把頭枕在涼涼的蕎麥殼枕上，連遠方車子奔馳而過的些微聲響都聽得到。要是想案子的事，應該睡不著吧，然而聽著遠遠傳來的細微車輛聲、電車聲，百合根不知不覺就睡著了。

天亮之前冷得嚇人。雖然沒有鬧鐘，百合根卻在五點醒來。若在平常，他會翻身再睡。要離開被窩實在很痛苦，百合根咬著牙，一口氣把被子掀開，瞬間被寒意包圍，趕緊換上內衣和作務衣。一穿好衣服，就能感覺到作務衣因為自己的體溫變暖了，這是生活在有空調的房子裡無法體會的感覺。

不久，山吹就來到房門前。

「頭兒，你醒了嗎？」

「醒了，我起來了。」

拉門開了。山吹也穿著和百合根一樣的作務衣。外面還是漆黑一片。

「請洗臉。」山吹將毛巾、牙刷、拋棄式刮鬍刀遞給百合根。

「洗完臉後，要曉天坐禪。」

「那是什麼？」

「在破曉的時候坐禪。據說在天亮的瞬間，陽氣最足，曉天坐禪就是在那樣的陽氣下坐禪。之後是早課，要請頭兒和我一起做早課。」

「誦經嗎？」

「是的。」

洗臉台在開放式的走廊上，水冰冷得刺人，指尖立刻發麻。然而用毛巾將冰冷的水一擦乾，臉馬上就熱起來。赤腳走在昏暗的走廊上也很冷。本堂也是門戶洞開，冰冷的風毫不留情地吹進來。

「那麼，我先說明坐禪的作法。首先合掌，雙手合十之後，指尖舉起到鼻子的高度，手肘朝旁邊打開。行禮的時候，請合掌。其次是叉手，左手握住大拇指呈握拳狀，將左拳頭放在胸前，右手手心蓋住左拳。走動的時候，麻煩請呈這叉手的姿勢。」

百合根學著做山吹示範的手勢。

「接著是鄰位問訊，即向坐在兩側的人打招呼。來到自己要坐的單前面，先合掌低頭。兩側的人會以合掌回禮。鄰位問訊結束後，是對坐問訊，右轉過來，向對面的人合掌，低頭。對面的人也會合掌回禮。這是多人一起參禪時的作法，但也請先記起來。」

「好的。」

「那麼，接下來就實際來坐禪吧。要結跏趺坐，將雙腿像這樣盤起來。」

結跏趺坐百合根也知道。右腳靠在左大腿根部，接著將左腳放在右大腿上。

「覺得結跏趺坐很吃力的話，半跏趺坐就可以了。像這樣，把左腳放在右大腿上。初學者應該比較適合半跏趺坐吧。」

有了這句話，百合根便樂得選擇半跏趺坐。

「挺直背脊，法界定印，就是結手印。雙手手心向上放在腳上，接著將左手疊在右手上，感覺雙手拇指幾乎快要碰到。眼睛不要閉上，自然張開，看著一公尺前方。重要的是呼吸法，首先是欠氣一息（編按：即緩緩地深呼吸），調整呼吸。深深吸氣，緩緩從嘴巴吐氣，做幾次這樣的深呼吸，然後就自然呼吸。呼吸時，舌頭頂住上顎。門牙後方不是感覺得到有圓圓的地方嗎？把舌尖放在那裡。嘴巴閉著，嘴唇形成一條線。」

一試之下，這些並不難，問題是能不能一直保持著不動。山吹繼續說明：

「坐禪的時候，要先左右搖振，也就是結跏趺坐之後，左右搖動身體。慢慢地動作愈來愈小，最後停在正確的姿勢。坐禪期間，我會拿著香板走動。當你覺得想睡，或是無論如何心都定不下來的時候，便側頭露出右肩，合掌。若是我認為有擊打的必要，會把香板放在右肩作為提示，這時候請一樣低頭合掌，受香板擊打之後，合掌一禮，然後手再回到法界定印，可以嗎？」

「好，我想應該沒問題。」

「不要想得太難，只是坐著而已，這才是最重要的。」

山吹怎麼不說這很難呢？但當下的氣氛讓百合根問不出口。

「好，我試試看。」

「很好。止靜鐘響了，這是表示要開始坐禪的鐘聲，會響三下，結束時的鐘聲是響一下。」

百合根以半跏趺坐的姿勢，左右搖振後挺直背脊，感覺山吹從身後過來，稍微調整了他的姿勢。

「檢查姿勢、坐法叫作檢單，請合掌接受。」

百合根聽從指示合掌，山吹一離開，便重新結好手印。

鐘響了三下。鐘聲的餘韻在本堂迴響。當餘韻消失，便是一片寂靜。百合根發現，全然的寂靜，反而會讓人注意到各種聲響：風吹枯葉聲、山吹悄然行走時衣物摩擦的聲音、昨晚入睡時體驗到的耳內的聲音、明明天還沒亮，遠遠地卻也傳來人們活動的聲音。開窗聲、腳踏車聲，應該是送報的人吧。

不過，好冷。寒氣透過作務衣，從肩膀滲進來，幾乎要令人不由自主地發抖。

開始坐禪後不久，左膝就開始痛，腳踝也會痛。一開始只是微微的痛，但因為身體不能動，疼痛便漸漸加劇。好想動一動身體，好想把腳伸直，一旦開始這麼想，就愈來愈無法忍耐。

原本聽得到的聲音漸漸遠去，腦中開始被這些疼痛占據，開始覺得好像受到拷問，左膝和腳踝的疼痛開始變得令人難以忍受。開始坐禪一定還沒有很久，不知道還要坐多久，這讓百合根感到不安，助長了疼痛。

不行了，忍不住了。

可是，不能動啊。

好想大叫。

把腳鬆開吧，已經不行了。

正當這個念頭閃過，右肩就有個硬硬的東西落下，是香板。

百合根努力想著該怎麼做，應該是先側頭合掌吧？下一瞬間，香板打下來，發出好大的聲響。毫不留情。一陣衝擊從肩膀竄過全身，百合根嚇了一跳。合掌低頭之後，重新結好手印。

神奇的是，滿腦子充血的感覺一下子就退了。剛才還覺得難以忍受的膝蓋和腳踝的疼痛，也沒那麼明顯；種種聲音再度回到耳際，世上充滿了聲音，正因為處於寂靜之中，才能確實感受得到。

天空變亮了，百合根終於明白本堂為什麼要門戶大開了。隨著天逐漸發亮，空氣的顏色也會逐漸改變，漆黑的夜，漸漸變成透明的深藍色，再漸漸變成明亮的青色。坐禪是面壁而坐，因此無法直接看到外面的景色，但是仍能感覺到這些變化。這世上不僅僅充滿了細微的聲音，也充滿了光。門戶敞開，與自然合為一體，便能夠切身感覺到這一點。

光的變化，讓百合根忘了膝蓋和腳踝的疼痛。耳中聽到鳥叫聲。隨著天色漸亮，世界也開始有了活力。人們生活的聲音驟然變多了，腳踏車的煞車聲、開窗聲、開門關門聲……。

鐘聲響了一下，百合根抬起頭來。山吹來到面前行禮，百合根拿掌低頭。站起來，想離開本堂的時候。山吹以姿勢提醒他要叉手，百合根連忙左手握拳當胸，將右手蓋住左拳，就這樣跟著山吹離開了本堂。

「辛苦了。」山吹說，「結束坐禪的時候，也要左右搖振，和開始的時候相反，動作從小慢慢放大，藉這樣放鬆身體之後，再向右轉，鬆開腳。把單，也就是坐墊恢復原狀，鄰位問訊、對坐問訊之後，再離開。」

所以和開始的時候一樣就對了。百合根心想得趁還記得的時候趕緊寫下來。

正在揉膝蓋和腳踝的時候，一位身披袈裟的僧人從庫裡走過來，應該是這裡的住持，也就是山吹的父親吧。

「你好，小犬承蒙你照顧了。」

山吹的父親，感覺就像矮一點、胖一點的山吹，眼尾的皺紋道出了他的慈和。

「哪裡，我才備受照顧。」

「是頭一次坐禪嗎？」

「是的。」

「好好體驗吧。」

山吹的父親開始誦經，百合根便與山吹一起坐在他身後。他唸的是般若心經，山吹也跟著唸。

在早課中，出太陽了，四周感覺突然變暖了。然而並不是氣溫上升了，還是冷得吐氣都成了白煙，更讓人感覺到日光多麼可貴。

早課一結束，便是早餐，山吹說是行粥。

「第一次坐禪感覺如何？」

「很不可思議。」

「哦？」

「覺得聲音和光比平常來得豐富，還有就是膝蓋和腳踝會痛。」

「很痛嗎？」

「嗯，疼得難以忍受，我都想把腳鬆開了。這時候香板就不留情地打下來，然後很不可思議的，我就不再覺得那麼痛了。」

「一開始是很苦的，要是被疼痛和苦絆住了，就會難以忍受。痛和苦，有一半是自己製造出來的。只要心不被絆住，就會明白其實並沒有那麼痛。」

「所以才要有香板對不對，時機抓得真準。」

「我是職業級的啊。走，吃飯吧。吃飯也有很多規矩，不過請至少遵守一條就好，即用餐時絕對不能說話。」

「好的。」

這時候，町田智也來了。

百合根被拉回現實：我不是來坐禪，是來監視町田智也的。雖然沒有忘記，但他全部心思都被第一次坐禪的體驗給吸走了。

町田智也看到百合根，面露疑惑。

「刑警先生你怎麼會來？」

「我也想一起來坐禪，而且我不是刑警，我隸屬於科學搜查研究所，是科學特搜班的班長，也就是山吹的上司。」

町田智也一臉不以為然。

山吹說：「你來得好早啊。」

町田智也顯得有點高興，那是百合根至今都沒有看過的表情。

「我住小田急線的梅丘，很近。本來是想坐頭一班車來的，不過還是坐了第三班。」

真是幹勁十足——百合根這麼覺得。

「我們正要吃早餐，一起來吧。用餐的時候，絕對不能說話，也盡量不要發出聲音。」

兩人跟著山吹前往庫裡。

百合根對町田智也說：「等一下我們會一起坐禪，多指教囉。」

町田智也只含糊地點了一下頭，什麼都沒說。

用餐是每個人一套簡單的膳食：碗裡有粥，附上醬菜。百合根照山吹指示，無言地喝了粥，吃了醬菜。粥的味道很清爽。可能是不說話、沒看電視，只專心吃飯，味覺好像變敏感了。

山吹幾乎不聲不響地吃飯，連咬醬菜也沒有發出聲音。

吃完早餐，終於可以休息，山吹用這段時間帶町田智也去房間，說明坐禪的注意事項。百合根則是呆坐在曬得到太陽的走廊，望著外面。日光耀眼，或紅或黃的樹葉美得令人心醉。昨天他還滿腦子案子，愈想愈混亂，今天一早起來，只是與日常資訊隔離，坐了一次禪，他不認為世界有多大的改變，但心境卻平靜得出奇，不禁想起昨天山吹在電車上說的話：「只要順其自然，一定能看見不自然的動靜。」

那時候，百合根沒有什麼感覺，但現在他覺得那的確是可能的。原來山吹一直置身於這樣的世界，他沉穩的性格是這樣培養出來的啊。

從八點起是早上的作務，稱為「日天作務」。早上的作務是打掃，清掃走廊和本堂，用抹布擦過一遍。用抹布擦，是要彎腰，雙手像雨刷般左右擦，一邊向後退。由於不習慣，一下子手臂就僵硬痠痛，也開始喘。

町田智也神情認真地執行作務，態度十分認真，百合根開始認為，他說想跟著山吹修行的話也許不假。

室內打掃完畢，接著是打掃寺院境內的戶外空間，要把為數龐大的枯葉掃成一堆。然而秋末是枯葉最多的季節，再怎麼掃，都還是有枯葉落下。

百合根對山吹說：「這不是怎麼掃都掃不完嗎？」

山吹只是微微一笑，不停手。於是，町田智也說了：「這不只是單純打掃。」

「嗯？」百合根不禁朝町田智也看。

他不屑地看著百合根：「作務是為了要尊崇勞動，靠自己的雙手做事、從中感到喜悅，這就是作務的目的。」

山吹彷彿沒有聽到町田智也的話般說：「好了，我們把掃起來的落葉燒一燒吧，庫裡應該有地瓜，要不要烤地瓜？」山吹愉快地微笑。

「烤地瓜嗎？好耶！」若在平常，百合根對烤地瓜一定不屑一顧吧，然而現在卻覺得烤地瓜無比誘人。

「我去拿地瓜，請把枯葉掃在一起升火。」山吹從作務衣裡取出火柴，交給町田智也。

山吹走了，町田智也與枯葉纏鬥起來。落在地面上的枯葉被夜露濡濕了，很難點著，點了好幾根火柴還是燒不起來。

山吹回來了，看著試圖在落葉堆上點火的町田智也說：「這樣是不行的。你看這葉子是潮濕的，那就得先下點功夫讓葉子變乾。」

山吹撿拾又細又乾的枯枝堆在一起，先拿這些點火，枯枝立刻竄出火苗，山吹便在上面加上略粗的枯枝，再一點一點加上落葉。雖然起了煙，但不久落葉也開始燃燒，火勢增強了，陸續加上枯葉也沒有熄滅，再過一會兒，落葉堆便熊熊燃燒起來。

「原來如此，真厲害。」百合根說。

山吹微微一笑：「我也不是一開始就會，是以經歷過各種方法一再試誤得到的結果。來，我們來烤地瓜吧。」

山吹把地瓜放進火堆裡，蓋上葉子，讓地瓜在裡面悶燒。不時拿樹枝撥動地瓜，翻戳枯葉維持火勢，那樣子看起來愉快極了。

「來，烤好了，很燙，要小心。」

地瓜燙得都要燙傷手了。百合根把地瓜分成兩塊，深怕燙破嘴，小心翼翼地咬了一口，果然一如期待，不，好吃得超乎想像。

「我從來沒想過原來烤地瓜這麼好吃。」百合根不禁這麼說。

山吹仍是沉靜地微笑，說：「如何？頭兒說掃也掃不完的枯葉，堆起來升火，就能烤出可口的地瓜，也能讓我們取暖。」

「啊！」百合根發現，從山吹說要掃枯葉那一刻起，自己心裡就只想著要把枯葉清乾淨，完全沒想到掃起來的枯葉能做什麼，他明白自己的心又被侷限住了。

山吹面向町田智也說：「火點不著，就要下工夫點著；掃起來的落葉要下工夫運用，這就是作務啊。」

町田智也露出了有點受傷的表情。

正午吃中食。所謂的中食，就是中飯，沒有魚、肉，內容極其儉樸，一樣也要無言無聲地把飯吃完。下午也是作務和坐禪。下午的作務是劈柴。百合根沒有劈過柴，要拿斧頭朝木頭揮需要一點膽量，要是沒有瞄準好，恐怕會傷到自己的身體。山吹一揮便將木頭劈成兩半，看了就好痛快。

然而，百合根和町田智也都不太行。斧頭會被木頭彈開，有時候木頭倒了，斧頭的刀刃側向一邊。劈著劈著，手臂的肌肉就開始痠了，腰也好痛，手掌發紅，手指僵硬。山吹繼續以一定的節奏劈柴，沒多久便堆起一堆劈得乾淨俐落的柴木。

陷入苦戰的百合根發現，劈的時候不能怕，要放大膽子，一鼓作氣揮下斧頭，果然劈開了，只是還是不對稱的兩半，歪歪斜斜的，但至少有點心得了。

這一劈成為一個轉捩點，一旦成功後就漸漸抓到訣竅。身體開始明白，原來劈不好是因為太用力，要放輕鬆，讓斧頭隨著重力落下，劈起來就變輕鬆了。一放鬆，劈出來的柴木就都是平均的兩半了，這麼一來，就覺得劈柴很有趣，手臂不再覺得累，腰也不痛了。劈柴的速度加快了，斧頭一揮，木頭劈成兩半，僅僅如此單純的事，為什麼會這麼令人開心呢？——百合根心想。

在實踐中下工夫，山吹說這就是作務。只是將木頭一分為二，也可從中學習。百合根深深感到自己平常在運用身體的時候是多麼不加思考。往町田智也一看，他好像還沒有掌握到訣竅，斧頭的刀刃在木頭上彈開，仔細看，果然是太用力了。想用力劈，刀刃就會偏，他沒有善加利用斧頭的重量。

然而，百合根並不想給他建議，那是多此一舉，如果不是自己下工夫想辦法，就不能真正學到——百合根這麼覺得。

山吹也什麼都沒說，只是默默地不斷劈柴。漸漸地百合根發現，這就是所謂的教導。

「哦，頭兒已經很會劈了。」終於，山吹說話了。

聽到這句話，百合根也終於停手，擦了汗。僅管是在寒風中，不知不覺還流汗了。町田智也也停下來，一臉無趣地看著百合根劈出來的柴木。

「手上起水泡了吧？」

被山吹這一說，往手上一看，手掌靠小指和食指的地方果然起了水泡。

「請不要弄破水泡，水泡一破，就會影響明天的作務。」

「該怎麼辦呢？」百合根問。

「不用去管它就可以了，水泡自然會好，人體本來就是這樣。好，擦過汗，我們就來坐禪吧。」

午後的坐禪。

百合根隨著山吹和町田智也一同進了本堂。百合根試著想起今天早上學的作法。合掌，叉手，鄰位問訊和對坐問訊，結跏趺坐，法界定印。

町田智也則以熟練的動作坐禪，看來是早已學會了正確的作法。左右搖振之後調整呼吸，兩人一起接受山吹的檢單。

一會兒，三聲鐘聲響起，開始坐禪。面向牆壁，一直坐著。百合根是半跏趺坐，町田智也則是正式的結跏趺坐。本堂仍是門戶洞開，聽得見鳥鳴，聽得見枯葉隨風沙沙作響。

陽光灑進本堂，很溫暖，過了一會兒，便開始有睡意。

五點起床畢竟有影響。身體也因為體力勞動而多少感到疲勞。但不能搖頭趕走睡意，也不能打哈欠，再這樣下去，一定會打起瞌睡。

這時候，百合根想起來了，可以自願接受香板擊打，於是他合掌，將頭往左偏，香板立刻抵住右肩，下一瞬間，毫不留情地打下。這一打，睡意立刻無影無蹤。百合根合掌低頭，重新結好手印。右肩一陣麻，但完全不會令人不快，反而覺得身體的僵滯都被打跑了，有種貼了膏藥的感覺。

百合根被香板擊打，也就只有這麼一次。在劈柴時，他領悟到做任何事都要放鬆。坐禪也一樣，只要哪裡過度使力，就無法久坐，身體也會晃動。放輕鬆，就能保持安定的姿勢，膝蓋和腳踝也不會那麼痛。今天早上就是因為有些地方太過用力了，所以才會造成膝蓋和腳踝的負擔。

另一方面，町田智也則是被香板打了好幾次。百合根不能轉頭，所以不知道緣由，然而垂下視線橫向的視野就會變寬，他感覺到町田智也有點定不下來。

終於，鐘響了一下，坐禪結束。百合根依照山吹所教的作法，想起坐禪結束時的步驟，光是想起這些就夠他忙了。一看町田智也，他正熟練地依照作法行事，大概是在苦樂苑跟阿久津昇觀學，習慣坐禪了吧。不愧是主動向山吹要求參禪，町田智也非常認真，甚至太過認真了。

他們暫時在庫裡休息。可能是早上五點就起床，百合根覺得時間多得不得了，平常一天轉眼就結束了，在這裡時間卻過得很慢。

早上就作務勞動身體，也沒有吃點心零食，因此到了日落西山時，便覺得餓了。平常就算肚子不餓，也會因慣性而攝食，今天則是對晚餐感到迫不及待。

晚餐，依舊是一人一小份。據山吹的說明，晚餐叫作藥石，是素齋。他們無言用餐。肚子餓了，吃進嘴裡的所有東西都很好吃。炸茄子、滷小芋頭、醬菜加上一碗湯，百合根深切感到自己根本不需要山珍海味，這每一粒米飯都會化為血肉。

吃過晚餐，山吹對町田智也說：「請到簷廊來，我們坐一會兒禪。」

町田智也愣住了。

百合根對山吹說：「只有他嗎？」

「是的，頭兒就不用了，你請先去洗澡吧。」

百合根不敢問為什麼，山吹一定有他的想法吧。在禪方面，山吹是老師。他覺得問老師理由，是態度不恭。

佛家有句話說「不立文字」，就是師徒授受不以言傳。有些事要全心信任老師，遵從老師的教導才學得到。

町田智也儘管疑惑還是跟著山吹到走廊。

百合根悄悄偷看，只見他和山吹並肩面向庭院坐禪，沒有交談的樣子。觀察了一陣子，他們也只是無言地坐在那裡，百合根便照山吹所說的先去洗澡。

洗澡和用餐同樣令人感恩，百合根甚至感激世上竟有如此舒適的所在。昨天他還覺得浴室很冷，今天卻只感覺到熱水的溫暖、舒適，他盡興地洗完澡回到房間，只見山吹和町智也還在坐禪，兩人到就寢時間九點之前都還在坐禪。山吹先鬆開腳，對町田智也說了句話，町田智也便也結束了坐禪。

山吹一合掌便離開了町田智也，町田智也彷彿被留下似地在簷廊待了好久。

12

翌日星期天，日程一模一樣。坐禪、做早課、作務，雖然是重複同樣的事情，但一定會有新的發現，百合根親身體驗到了。本來是為了監視町田智也才來到山吹家的寺院，但坐禪與作務的新鮮驚奇打動了他的心。

他感覺因匆忙的日常生活而緊張僵硬的心，慢慢地鬆卸、柔和了。在大都會裡，處處充斥著療癒、放鬆這些字眼，布置舒適的環境，提供按摩服務使人感覺得到療癒的沙龍備受歡迎。然而，百合根漸漸明白那並不能真正讓人得到療癒。山吹家的寺院生活的確很嚴格，天還沒亮就必須起床，沒有暖氣，得要忍受清晨逼人的寒氣，打掃和砍柴也十分耗費體力，大量運用到平常用不太到的肌肉，沒多久手臂、腰腿就感到痠疼；坐禪本身本來就很辛苦，膝蓋和腳都會痛，身體不能亂動，也會對精神上造成沉重的壓力。然而，不可思議的是，接觸這樣的生活後，心情確實地放鬆了，還有新發現帶來的驚喜，這是表面的療癒絕對得不到的喜悅。這是一種發現真正的自己而得到的安心感吧？山吹無言地教導了百合根。

白天的作務結束時，山吹突然問町田智也：「你知道般若這個詞嗎？」

町田智也不慌不忙地回答：「知道，指佛祖的智慧，也就是看穿這世上所有真理的智慧。」

「你認為它實際存在嗎？」

「我相信真的存在。」

「那麼，請讓我看看。」

即使如此，町田智也絲毫不慌張。

「我辦不到。所謂的般若，是一種概念，存在於人們的心中，我無法拿出來給你看。」

「在人們心中的東西，能說是實際存在嗎？」

「人們認為不存在，就不存在，換句話說，認為存在的東西才確實存在。」

竟然能回答得這麼流利，應該是在苦樂苑經常練習這類問答吧，百合根很佩服。

山吹面無表情，不是平常那種沉穩的表情，他的眼神很嚴峻。

「那麼，我來讓你看看般若吧。」

町田智也微微一笑：「請指教。」

山吹彎身撿起一片掉落在地面上的枯葉，拎到町田智也面前，說：「這就是般若。」

這下町田智也皺起眉頭了：「枯葉嗎？」

「是的。那麼，請告訴我，為什麼這就是般若。」

町田智也開始認真思考。

山吹朝百合根看：「頭兒也試著想想看，這片葉子，為什麼會是佛祖的智慧。」

「咦？」百合根慌了。他怎麼可能知道呢？說枯葉就是般若的是山吹，要百合根來說明，簡直是太強人所難了。

不過，既然被問到就必須回答。百合根拚命動腦思考，佛祖的智慧就是枯葉？

山吹並沒有急著要他們回答，「吃過晚飯後，再來請教你們的答案吧，下午坐禪時也可以慢慢想。」

吃過晚飯，兩人直接留在屋裡。

「那麼，來聽聽你們對功課的回答吧。」山吹對兩人說。

百合根坐禪時也滿腦子都想著這件事，但最後還是什麼都沒想出來。

「町田，如何呢？」

山吹一問起，町田智也便以沉著的態度回答：「我說過，般若是一種概念，而所謂的實際存在，則是認識論。換句話說，認為般若不存在則不存在，相信般若實際存在，才真正存在。山吹先生撿起了掉落在腳邊的枯葉，但是那也可以不是枯葉，也就是說，是什麼都一樣，只要是我和山吹先生共同認知的東西、彼此都認定這是實際存在的就可以了。山吹先生相信般若實際存在，我也相信。為了確認這共通的認知，才撿起葉子給我看。」

百合根打從心裡吃驚，沒想到他連認識論都搬出來，一片枯葉竟喚起了哲學思索，他真的是訓練有素啊——百合根又是一陣佩服。

山吹問：「頭兒呢？」

「呃……」百合根吞吞吐吐地說不出話來，「我一直在想，卻什麼都想不通。」

「不至於什麼都想不通吧，說說你感覺到了什麼。」

「這個嘛……」百合根實在沒辦法說得像町田智也那麼專業。既然這樣，那就說個小學生程度的感想也無妨，就是說些什麼吧。

「我覺得顏色很美。」

「嗯。」

「既不是咖啡色，也不是黃色，卻也不是紅色，是這些顏色混合在一起，非常美麗。我想，假如我是畫家，也萬萬畫不出這樣的顏色。這葉子在春天時曾是新芽，當時應該是青翠水嫩的綠色；夏天則是濃烈的深綠，一定曾為我們遮擋烈日；最後美麗的葉子結束了這一生，掉落在地面上，也許它的任務就此告終，即使如此，仍美得不可思議，我的感覺僅是如此而已。」

町田智也瞄了百合根一眼，瞬間露出勝利的表情。

原本神情嚴峻的山吹，燦然一笑：「我認為，葉子之美便是佛性的展現，頭兒感覺到了，幾乎已經找到了我問題的答案。」

「咦？」百合根感到莫名其妙。

「請想想那片葉子為什麼會在那裡呢？就像頭兒說的，從新芽歷經濃烈的夏綠，最後染上紅色，掉落在地面上。換句話說，它或許完成了身為葉子的任務。那是山毛櫸的葉子，山毛櫸為了保護自己，落下葉子。為了迎向寒冬，得保持水分，積蓄養分，而讓葉子掉落。因為這樣自然循環的結果，那片葉子掉落在那裡，但是，並非所有的任務就此結束。葉子積累，被土壤中的細菌分解成腐葉土，化為樹木的養分，這也是自然的循環。這個循環的每一瞬間，葉子都展現了它的美麗，我認為這就是佛性，一切眾生悉有佛性。好，接下來，請想想這片葉子掉落的瞬間。山毛櫸因冬日將近，準備落葉。準備好了，但誰也不知道那片葉子什麼時候會散落。時機漸漸成熟，慢慢地，愈來愈成熟，在熟透的那一瞬間，自然而然葉子就掉落了。翩然落下的那一瞬間，便是般若頓悟的瞬間。苦學，苦思，苦惱，往往看不到真實，這就是時機尚未成熟的證據。等待時機真正成熟，就像那片葉子自然掉落般，就看得見、感覺得到了。那一瞬間，我們稱之為大機。」

百合根覺得山吹的話字字句句都說到了心坎裡。

「我撿起了距離腳邊最近的一片葉子。從樹上掉下來的葉子，隨風而行，不知會飄到何方，也可能會在作務中被掃起。我要撿起葉子的那一瞬間，那片葉子掉落在那裡，不是別的葉子，就是那片葉子。若沒有那個瞬間，我們就不會遇見那片葉子，這相遇也是非常珍貴的。緣起一瞬，沒有這個緣分，就畢生都不會相遇。頭兒所感覺到的美，也就是這緣分的美。另一方面，這葉子確實掉落在地面上。為什麼掉落在地面上，沒有在空中飛舞，飄到遠方？我們都知道這是地心引力的關係，但是就只是知道而已，光是葉子掉落在地面上這項事實，就能讓我們親眼看見地心引力這個概念。那一片枯葉就能告訴我們這麼多的佛性，而去感覺這些，我認為就是通了般若。」

百合根由衷感動，町田智也卻一副不服輸的樣子。

山吹朝町田智也看，再度露出嚴峻的眼神。

「是你主動要來這裡的，對不對？」

「是的。」

「那麼，我有一句話要告訴你。」

「是。」

「你是為了誰修行？為誰參禪？不是為了你自己嗎？如果是為了別人，最好就此打住。」

山吹的語氣好像在罵人，町田智也像是挨了一巴掌的樣子。百合根也嚇了一跳，他從來沒看過山吹用這麼嚴厲的口吻斥責過誰。

町田智也滿臉通紅，他大概是對坐禪和禪問答頗有自信，對於這枯葉問答的回答，想必也很有自信。

「為、為了別人，是什麼意思？」

「希望別人認同、佩服、稱讚，都是為了別人修行。禪修是為了自己，你要好好想想這一點。」

意。

町田智也彷彿被擊垮般低下頭。百合根感到尷尬，但山吹卻顯得毫不在意。

一段漫長的沉默之後，山吹說：「明天，你也要繼續坐禪嗎？」

町田智也沒有回答，山吹耐心等候，終於，他抬起頭說：「要。」

山吹終於微微一笑，平靜地說：「若是感覺身在黑暗中，就必須思考要如何脫身。掙扎也好，繞遠路也沒關係，就是要走出這條隧道。正因為置身於黑暗中，前方的光明才更顯珍貴。」

百合根不明白山吹在說什麼，町田智也只是點頭。

「我年輕時曾罹患過精神官能症。」山吹說。

百合根從來不知道，不禁反問：「精神官能症？」

「會出現恐慌之類的症狀。經歷過恐慌，因為無法預期什麼時候會再發作，無論做什麼都會感到不安，這叫作預期性焦慮。換句話說，就是在還沒有發生的時候就陷入不安焦慮之中，因此而誘發恐慌症。這很痛苦，旁人也難以理解。」

眼前的山吹實在令人無法想像，他總是從容鎮定，無論發生什麼事都沉著以對，這樣的他竟然曾經罹患恐慌症，為精神官能症狀所苦。

「首先，無法外食。從點餐到出餐需要等待，在這段時間內，我會愈來愈不安，當然就不會有食欲；一旦患上精神官能症，就會有強迫傾向，覺得所有的東西都非吃完不可，但吃的時候，會覺得噁心想吐；無論去哪裡都要先確定廁所在哪裡；然後也無法搭私鐵的急行列車，因為車門一關就會焦慮。私鐵的急行列車站與站之間好幾分鐘車門都不會開，要是這段期間忍不住想上廁所怎麼辦？貧血怎麼辦？我會滿腦子一直想著這些。不久，連一般列車和地鐵也不敢搭了。到醫院去檢查也找不出任何異常，可是卻常常覺得喉嚨哽住，腸胃也不舒服，還會頭暈，我被逼得無路可逃，走進長長的隧道裡。」

百合根問：「原因是什麼呢？」

「不清楚，多半是精神壓力不斷累積吧。非得繼承寺院的責任、對將來的不安等等，還有當時我也討厭禪修。」

「你討厭禪修？」

「是啊，好辛苦，討厭極了。」山吹笑了。

「最後怎麼克服？」

「就像篠崎說的，精神藥物的確有很大的幫助，但是那解決不了根本的問題。我看了各種醫生，結果還是沒有改善，症狀持續了三年左右，有一天，我忽然發現，到處去看醫師，其實就是依賴醫生，這樣不管看多少醫院都沒有用。之前，我為了緩解不安和焦慮，只選擇在安全的地方生活，要能方便上廁所、隨時可以躺下休息的地方、隨身攜帶鎮定劑，但是這樣反而讓我更軟弱。」

百合根能夠理解，雖然是短短兩天的體驗修行，但置身於嚴苛的生活中，卻能使精神放鬆平靜。

山吹繼續說：「得了精神官能症的我害怕什麼？我問自己。首先，無法過社會上認定的正常生活讓我感到痛苦。想上廁所其實多少是可以忍耐的，然而我只要肚子稍微不舒服，就覺得無法忍耐，這是因為我的心在鬧彆扭，身體稍有不適就小題大作。而最根本的恐懼就是死，怕死。於是我想，既然這樣，不如反過來虐待自己吧。所幸，我更年輕的時候，便有被虐的經驗，就是禪修。」

「山吹你曾說過禪修就是體驗徹底被逼到絕境，對吧？」

「是的。年輕的雲水會徹底遭到欺負，被指導者欺負、被前輩欺負，精神上和肉體上都是，會弄得全身是瘀青擦傷，覺得自己很沒出息，所以我非常討厭禪修。」

百合根心想，他以前一定是真的很討厭禪修吧。

「可是，為了主動克服精神官能症而面對的禪修卻不同。把自己往死裡逼，好，要大在褲子上就大吧，要死在這裡就死吧，我開始這麼想。那時候，我才頭一次為了自己而修行。最早的修行是被父親逼的，為了繼承寺院。如果沒有第二次的修行，也許我早就與禪不相關了。」

百合根問：「也就是說，你已經穿過黑暗的隧道了？」

「對，所謂的精神官能症，別人是無法理解的，最痛苦的就是這一點。對本人來說，沒有比這更可怕的地獄，那真的就是漆黑的隧道，可是一定走得出來，無論是內心有多深多黑暗，一定都能走得出來，只要活著，永遠都有下一步，重要的是要以清靈澄澈的眼睛看著現在的自己，想著最好的未來。」

「最好的未來，」町田智也彷彿從心底擠出來般說，「要是沒有的話怎麼辦？」

「一定有，最大可能之內、最好的未來。即使是有限的選擇，也要選擇其中最好的，為此必須解開被束縛的心。」

町田智也再次低下頭。

「好，今晚就到此為止吧，兩位請洗澡、休息吧。」山吹說。

不知不覺，時間就過去了。

「知道了嗎？」山吹對町田智也說，「無論內心是多深多黑暗，都是人自己製造出來的，既然是自己製造出來的，就一定能清除得掉。這件事，你好好想想。」

山吹說完這些，就離開房間。

13

星期一早上也是五點起床。天未明坐了禪，做早課，行粥，也就是吃早餐。町田智也說還想繼續體驗修行。

本來塚原要百合根星期一到署裡露面。

町田智也要繼續體驗修行，就代表指導者山吹也要留在寺裡。百合根也想留下來，塚原只說露個面，沒說要定時上班，等一下打電話問問狀況好了——百合根這樣決定。體驗修行進入第三天，也許百合根也放開了很多對事物的堅持了吧。不，只是想逃避現實吧？總之，上午專心作務和坐禪。午餐前，打了電話回綾瀨署。過了兩天把電視和電話都忘記的生活，百合根對手機感到非常陌生。

「警部大人啊？」電話裡傳來塚原的聲音。

「啊，不好意思。今天是星期一，本來應該要過去一趟，不好意思這麼晚聯絡。」

「事情有點麻煩。」

這麼一句話，讓百合根的胃頓時緊緊縮了起來。

「怎麼了？」

「川那部檢視官今天早上跑來，問案子辦得怎麼樣了。」

「然後呢？」

「我就跟他說明目前為止的進度，也說了嫌犯已經鎖定是與苦樂苑有關的四個人。問題是接下來我一說其中一名嫌犯町田智也正和警部大人在寺裡坐禪，他立刻大發脾氣，大罵說你究竟在想什麼，然後還說要到那邊去。」

「到這邊來！那是什麼時候的事？」

「我想他應該就快到了。」

百合根頓時覺得心情慘澹。

塚原的聲音繼續響起：「你今天就不用過來，好好應付川那部大人吧。」

「我明白了。」百合根也只能這麼說了。

「那麼，町田智也怎麼樣了？」

「很認真地在體驗禪修。」

「是嗎？」

「你們那邊呢？」

「現在正依照青山推論的線索搜尋證據，很耗時費工。總之，那邊就交給你了。」

「好。」

「再聯絡。」

電話掛了。百合根嘆了一口氣。

過了三十分鐘，川那部檢視官就來到山吹家的寺院。

「然後呢？」川那部被帶到本堂，在百合根與山吹面前說，「不辦案，窩在寺裡是怎麼一回事？」

百合根不知如何說明，但說謊也不是辦法，只能把事情照實說了。

「關係人町田智也說想要到山吹家的寺院來體驗禪修，山吹答應了。我想緊盯町田智也的行動，便一起來了。」

「他只是關係人而已吧？有必要跟得這麼緊嗎？」

「呃，是重要關係人。」

「我聽綾瀨署說明了。但是，町田智也的嫌疑怎麼聽都像是硬掰的，其他三個人也是。」

一被這麼說，百合根立刻失去了自信。對方是資深偵查員，位階也比較高，警察是階級制，反抗長官一點好處都沒有。然而百合根認為不能在這裡退讓，假如自己迎合川那部，那塚原和ST的辛苦就白費了。本廳的警視和警部一宣布偵查結束，轄區的塚原就無法再插手。

「掌握町田智也的行動，不會是白費功夫。」

百合根一這麼說，川那部就瞪過來。川那部盤腿而坐，百合根和山吹則是在他對面正座。

「那個叫町田智也的在哪裡？」

山吹回答：「正在作務。」

「作務？哦，和尚的體力勞動嗎？」

「是的，這是很重要的修行。他正在打掃庭院。」

「快點拿出結果。管他是關係人還是重要關係人，現在不是在這裡和他一起坐禪的時候。」

「是。可是只需再多一點時間，應該就會有所收穫了。」百合根這麼說，自己也覺得這些話好空泛。

「什麼叫作有所收穫？要是坐禪能辦案的話，所有警察都去當和尚不就得了。」

「不，我不是這個意思。」

「不然是什麼意思？」

「若我們順其自然，自然就看得見行動不自然的人。」

「你在說什麼？我不是來跟你禪問答的。」

「是，這我知道。」

「既然你敢在我面前說大話，就拿出結果來。」

百合根不作聲了。即使想反駁，也不知該說什麼才好。

這時候，山吹開口了：「好的。既然您要我們拿出結果，就這麼做吧。」

「你說什麼？」川那部瞪著山吹。

百合根吃了一驚，轉過頭去看山吹。

山吹對百合根說：「頭兒，我想時機已經成熟了，可以請阿久津昇觀、篠崎雄助、山縣佐知子三人到這裡來嗎？」

「嗯，我想請塚原和菊川幫忙，應該沒問題。」

「關於那三人的說明，我在綾瀨署聽過了。」川那部說，「叫他們來做什麼？」

山吹回答：「為了遵照您的吩咐，拿出結果。」

「你是說，那三個人和在這裡的町田智也碰面，就會有什麼結果？」

「從我們展開偵查以來，這四人應該從未共聚一堂過，讓他們四個人交談，一定會有結果。」

百合根感到不安，山吹看來卻充滿自信，然而真的會像山吹說的那樣嗎？

「有意思。」川那部說，「好，我就看你們還要演什麼鬧劇。但是，如果什麼結果都沒有的話，這次就真的要結束偵查，我要這樣向上面報告，你們自己看著辦。」

山吹點點頭：「好的。」

「我去打個電話。」

川那部站起來，走到長凳取出手機，打電話回本廳。

百合根對山吹說：「沒問題嗎？」

山吹看著百合根：「是誰殺害了那四人，已經很明顯了，再來就只要破解為何會發生那樣的慘事，直接偵訊他們四人是最好的辦法。」

百合根吃了一驚：「兇手已經呼之欲出？」

「對，頭兒在下意識中應該也已經發現了。」

儘管山吹這麼說，百合根還是毫無頭緒。

山吹說：「那麼，請快點聯絡吧。」

「啊，好。」百合根打電話到綾瀨署，請他們將阿久津昇觀、篠崎雄助、山縣佐知子帶到寺裡。

14

「如何？如何？是什麼要開始了？」

是赤城的聲音。百合根吃了一驚從本堂往庭院看，只見ST的組員赤城、翠、黑崎，還有青山正往這裡過來。

「你們怎麼會來？」

百合根一問，赤城便說：「還用得著問嗎？這案子我們好歹也參與偵查，現在要把我們甩了嗎？」

「不是啦，只是山吹說要在這裡和那四個人談談而已。」

赤城對山吹說：「是這樣嗎？」

山吹回答：「是的。」

「談了之後會怎麼樣？」

「只能順其自然了。」

「哦。」赤城說，「那我們就來看看是怎麼個順其自然吧。」

在本堂內部的川那部聽到赤城的聲音說：「這裡沒有ST的事。」

赤城看著川那部，露出無敵的笑容：「在那邊的是ST的頭兒，而這裡是ST的組員之一，山吹的家，要說沒有我們的事，未免太牽強。」

川那部一臉氣憤：「總之，給我安分一點。」

赤城對山吹說：「我們要進去囉。」

ST的組員們進到本堂，翠今天也穿著短得嚇人的緊身裙。

「要不要幫妳拿一條毯子蓋膝上？」百合根說。

「不用擔心，」翠說，「我沒有要坐禪。」

她一上簷廊，便背靠柱子站著，青山站在她身旁。黑崎進本堂時行了一禮，注意不背向本尊正座，赤城在離川那部最遠的地方大剌剌地盤坐。

一股奇特的緊張氣氛升起，百合根只覺如坐針氈。

三人當中，篠崎雄助最先來到寺裡，是由綾瀨署的西本帶他來。「哦！這寺院相當氣派呢。」他環視本堂，大大方方地說，「那麼，要做什麼？」

山吹說：「請稍待。」

篠崎雄助在本堂裡坐下來。他是隨地盤坐，似乎閒得發慌，不時東張西望，又看看在場的人，很想說話，但可能是感覺出現場的氣氛不適合閒聊，結果什麼都沒說，就坐在那裡。

又過了三十分鐘左右，塚原和菊川來了，把阿久津昇觀和山縣佐知子一起帶來。

「要在寺裡做什麼呢？」阿久津昇觀顯然非常不願意來，「我是取消了和別人的約會來的……」他發現篠崎雄助在本堂，就把話吞回去了。篠崎雄助也驚訝地半張著嘴看著阿久津昇觀。

山縣佐知子面無表情，但顯然是為了掩飾緊張。

「請進來坐。」山吹說。

「喔喔，阿久津，你也被叫來了啊？」

篠崎雄助一叫，阿久津昇觀的表情就顯得更抓不到頭緒般，對百合根說：

「這是怎麼回事呢？警方要我們配合辦案，我以為是要去警署。如果是現在這樣，那我要回去了。」

百合根說：「偵訊未必一定是在警察署進行。」

「偵訊？」阿久津昇觀皺起眉頭，「意思是說，我們是嫌犯嗎？如果是這樣的話，沒有律師在場，我什麼都不會說。」

「哎，何必這麼凶。這位先生說，只是有話要請問而已。」篠崎雄助說。

「你總是這個樣子，不明白事情有多重大。」

「是你太一板一眼了。」

山吹站起來，說：「那麼，我把最後一位帶來吧。」

「最後一位？」阿久津昇觀問。

山吹離開後沒多久就把町田智也帶進來。

町田智也整個人看起來畏畏縮縮，苦樂苑的幹部全都到了，也難怪他如此。更何況警方的人加一加也有十人，叫他不要緊張是不可能的。

一看到町田智也，篠崎雄助便說：「唷，聽說你在這裡坐禪？」

町田智也怯怯地點頭。

阿久津昇觀和山縣佐知子都皺緊了眉頭。

「來，請那邊坐。」山吹說。

町田智也照他說的坐了。

翠和青山站在簷廊的柱子旁，塚原和菊川也站在簷廊上。

「好了，趕快開始吧。」川那部不耐煩地說。

百合根說：「今天，請各位來到這裡，是為了讓大家共聚一堂談一談，接著，山吹，就麻煩你了。」

山吹以一貫柔和的表情說：

「被請到這裡的四位，都有殺人的嫌疑。」

「我說過了，」阿久津昇觀說，「如果是這樣，我要請律師，我是清白的。」

山吹只是沉穩地朝阿久津昇觀看了一眼，繼續說下去：

「當然，針對足立區公寓命案的嫌疑，兇手只有一人，但是我想來到這裡的各位，各自負有相關的責任。」

「嫌犯已經鎖定一人了？」川那部說，「那是誰？」

「不是我。」篠崎雄助坦然說，「我沒有殺害他們的理由。」

「我一樣也沒有任何理由殺害他們。」阿久津昇觀說，「而山縣也是。」

「是的，」山縣佐知子說，「當主說的沒錯。」

「問題沒那麼單純，是種種問題交織在一起，最後才導致那樣的結果。」

「好，」川那部說，「那嫌犯到底是誰？」

山吹看著川那部說：「剛才沒有否認犯案的人。」

所有的視線都集中在町田智也身上。

他環視眾人，然後慌張地對山吹說：

「我怎麼可能會殺害他們？我們是一起修行的同伴啊！他們不在了，我就變成孤單一人了。」

「只能是你。」山吹朝青山看，「沒錯吧？」

青山懶洋洋地回視山吹，「啊啊——依照邏輯來說是這樣沒錯。」

菊川緊緊皺眉，問：「這是怎麼回事？」

「要犯下那個案子，必須符合好幾個條件。首先，要能打開那間房子，如果上了鎖，就無法讓四人進屋。然後，還要知道裡面有炭烤爐、能夠將四人叫到那裡而讓他們毫不起疑。除此之外，也需要符合動機和不在場證明這些一般條件。」

「我沒有那裡的鑰匙。」町田智也說。

「對，」青山說，「但是你知道房子總是沒有上鎖，你曾經和篠崎雄助去過那裡好幾次，你應該早就發現了。我們來整理一下吧，握有那間房子的鑰匙的，是阿久津，篠崎，以及山縣三人，町田雖然沒有鑰匙，但知道門沒有上鎖。換句話說，這個條件四個人都符合；其次，關於不在場證明，四人都不明確，所以這個條件四個人也都符合；至於動機，雖然每個人或強或弱，但都有可能，四個人也都符合這個條件；那麼，接下來就是把四個人叫到那裡而讓他們毫不起疑，首先最容易召集他們的，就是篠崎了。只要說是要指導就行了；其次是町田，你們總是五個人一起行動，命案時你也一起在那屋裡的可能性很大；再來就是山縣，但山縣叫那四人到命案現場就很不自然，因為負責指導他們的是篠崎，而且山縣沒有使用那間房子的理由，因為苦樂苑的大樓設備比這兒好多了；而阿久津呢，若是當主直接叫他們出來，一般信徒一定會很驚訝，想說為了什麼？應該會找人商量，而他們會去商量的人，除了篠崎以外不作第二人想，可是他們沒有找你商量這個吧？」

篠崎搖搖頭，「沒有。」

「因為這樣，是山縣和阿久津的可能性稍微降低了，但還是有嫌疑。不過問題來了，炭烤爐。山縣和阿久津都說幾乎沒去過那間房子，關於這一點，菊川他們在這附近打聽確認過了，應該不假。換句話說，他們兩人不知道那裡有炭烤爐。」

「慢著！」川那部說，「不會是來了之後，碰巧發現有炭烤爐嗎？」

「光只有炭烤爐是無法犯下這件案子，得要有炭才行，而且要點起炭火可不是件容易的事，還有那用來貼住陽台門窗縫隙的膠帶，換句話說，是有計畫的。」

川那部不說話了。青山繼續說下去：「篠崎知道屋裡有炭烤爐，町田也知道。換句話說，符合所有條件的，是篠崎和町田。」

「那麼，嫌犯有兩人。」菊川說。

青山不理，自顧自地說：「然後，再加上其他條件。說詞，在這裡的四個人當中，只有一個人的說詞和其他三人不一樣，那就是町田。」

菊川和塚原對看一眼。菊川對青山說：「我想不到是什麼樣的說詞？」

青山回答：「四個人當中，只有町田強烈暗示那四個人是自殺，你可以再看一次紀錄。」

町田智也一直盯著青山看，似乎不停地在想些什麼，也許是在想藉口——百合根想。青山一看他，他就垂下視線，什麼都沒說。

「篠崎和阿久津的說詞也有出入。」塚原問，「例如關於獨立一事，篠崎說他已經明明白白地通知了阿久津，但阿久津卻相信他遲早會回苦樂苑。這一點怎麼解釋？」

「這是來自於兩人個性不同的誤會。」

青山回答：「事事慎重的阿久津認為這麼重大的事情不是那麼簡單就做到；另一方面，篠崎是想到就埋頭向前衝，沒錯吧？」青山來回看著阿久津昇觀和篠崎雄助。

「的確。」阿久津昇觀說，「我想我曾經從篠崎嘴裡聽到獨立云云之類的話，但我實在不相信他是認真的。」

「搞什麼啊！」篠崎雄助瞪大了眼睛看阿久津昇觀，「你到底有沒有認真聽別人說的話？」

「因為你向來就是這樣，我以為你是一時興起，隨口說說而已。」

篠崎雄助傻眼地搖搖頭。

山吹以極其沉穩的聲音對町田智也說：

「阿久津、山縣及篠崎三人在得知命案後並沒有採取特別的行動，過著平常的生活，回答我們的詢問時也不見畏縮，町田只有你，採取了不自然的行動，也就是突然表示想要到我家的寺院來禪修。你提出想要坐禪這件事本身並不奇怪，只是在發生四名同伴身亡的事故之後馬上提出來，就不得不令人感到不自然了。」

百合根問：「那麼，你很早就開始懷疑町田了？」

「我應該說過，只要順其自然，就能看出舉動不自然的人。」
塚原說：「町田，是你殺了那四人嗎？」
町田智也仍舊低著頭。所有人都注視著町田智也，沉默持續著。
「是不是？」塚原問。
町田智也抬起頭來，眼底閃著憤怒的光芒。
「我沒辦法……」
這一句話，讓塚原和菊川都呼了一口氣，川那部發出一絲低低的呻吟。
「我只能在被他們殺掉之前，先殺掉他們。」
篠崎雄助吃驚地問：「這是怎麼回事？」
「他們開始覺得我很礙事，終於想要排除我了。」
「排除？」
「就是想殺掉我。」
「怎麼會？」篠崎雄助說，「他們怎麼會想要殺你？」
「我聽到他們在討論，他們說『那傢伙煩死了，怎麼不消失啊，乾脆我們來讓他消失好了』，我只是想修行而已。」

「你是說你被排擠了？」

「團體中有兩對情侶，只有町田是孤立的。」山吹說，「但是不光是這樣而已，你也受到他們的惡意欺負吧？」

篠崎雄助問：「惡意欺負？」

町田智也點點頭：「他們對我很壞。有一次，我說大家是為了修行聚在一起，演變成男女交往也太奇怪了吧，而我感到心有不甘。就是從這時候開始，就和校園霸凌一樣，他們會故意支開我，或是不讓我加入話題。」

「我都不知道，竟然有這種事。」篠崎雄助說。

「不要跟他們來往不就好了嗎？」菊川說，「何必跟他們混在一起。」

「篠崎老師總是五個人一起指導，他說團體指導才有效。」

「的確如此。」篠崎承認，「我指導他們的時候，一定都是五個人一起。」

「所以不能只有我不參加。」

「去苦樂苑本院就好了。」菊川又說，「在本院的話，一個人也能接受指導吧？」

町田瞄了山縣佐知子一眼，百合根看出山縣佐知子心情受到衝擊。

町田智也說：「老師說，既然想和篠崎老師一起獨立，就不要再來苦樂苑了。」

百合根問：「哪個老師？」

「山縣老師。」

山縣佐知子本來一副不知所措的樣子，但名字一被提出來，反而鎮定下來，大概是豁出去了。「那是當然的。想要背叛當主獨立的人，當然不許再跨進苦樂苑的大門一步。」

「我從來沒說過這種話。」阿久津昇觀說，「無論是什麼樣的人，苦樂苑都接受，就算是曾經離開的人，也隨時都能回來。」

「不行。」山縣佐知子斬釘截鐵地說，「這麼做，不能使信徒有所警惕，要跟當主還是跟篠崎老師，一定要做出選擇。」

「妳有立場要求弟子一定要做出選擇嗎？」青山說。

山縣佐知子嚴厲地瞪著青山：「你這話是什麼意思？」

「你們的三角關係啊，在阿久津和篠崎之間難以抉擇的，不就是妳嗎？」

山縣佐知子用力別過臉，什麼都沒說。

「叫我離開苦樂苑的，就是佐知子。」篠崎雄助想了又想後說，「也就是說，她不希望我再繼續當內弟子了。」

「你說什麼？」阿久津昇觀皺起眉頭，「我從來不知道，這是真的嗎？山縣。」

「我是為了苦樂苑才這麼做的，當主和篠崎的問題，會招致信徒的混亂。」

山縣佐知子表情冷靜地說。

青山說：「不，才不是。是你在阿久津和篠崎之間無法取決，所以妳想把他們兩人分開，只要篠崎離開苦樂苑，妳就可以瞞著阿久津和信徒私下與他來往。換句話說，阿久津和篠崎雙方妳都能保持接觸。」

「這些，和我們現在的問題沒有關係吧？」山縣佐知子說，「我的考量完全是以苦樂苑為優先。」

山吹悲傷地說：「如果篠崎沒有提出要帶著五個人獨立，町田就能回苦樂苑自行修行。製造出這個獨立問題開端的，山縣，就是妳，但是我們也不能責怪山縣，妳應該也很痛苦。」

「是我的責任。」阿久津昇觀說，「我什麼都不知道，要是我能多替信徒們著想，並且多認真聽篠崎說的話……」

「是的，」山吹說，「你的責任重大。既然想要救人，就必須站在那個人的立場來想。每個人的痛苦都不一樣，看不透就無法助人。你連近在身邊的山縣內心的痛苦都沒有察覺。」

阿久津昇觀垂下了頭，「我無言以對，我一直覺得篠崎的做法太過偏重智力，但是現在想想，我也沒有兩樣。」

「這次事件的開端，是你們的三角關係。這樣的關係導致了篠崎的獨立，波及了町田他們五人，然後將町田逼到無路可走，這就是整件事的前因後果。」

山吹說完，篠崎便皺起眉頭：「可是，我實在想不通，那四個人怎麼會想要殺害町田？只是認為他礙事、看他不順眼就要殺他，我不相信。」

「對他們來說，我跟蟲子沒有兩樣。」

「你把那天發生的事從頭到尾依序說明一下。」塚原說，「從最早最早開始。」

町田智也花了一點時間整理思緒，終於他開始說了：「園田打電話給我，說篠崎老師要指導我們。篠崎老師以前從來沒有突然把我們叫出去過，都是每次指導結束時就說好下一次的時間，可是那天卻突然把我們叫去，我提高警覺，去了那間房子。他們四個先到了，炭烤爐已經升了火，可是篠崎老師卻不在。吉野說，老師叫我們像之前那樣在這裡烤肉，我馬上就明白他們的目的，他們想殺我。炭烤爐和炭，他們是要讓我看起來像自殺。先前不是發生過用炭烤爐燒炭集體自殺的事件嗎？所以我馬上就明白了。」

塚原問：「然後你怎麼做？」

「我去買了罐裝啤酒和燒酒，還有紙杯，女生們去買肉和青菜。我也想過要逃走，可是就這樣跑掉的話，又不知道他們會說我什麼。況且，就算逃得過那天，他們改天也一定會動手，既然這樣，不如我先把他們……」

說到這裡，町田握住拳頭，微微發抖，想必是怒氣又重上心頭。

「那四個人吃了安眠藥，」塚原問，「是你對他們下的藥嗎？」

「是的。」町田智也老實回答，「他們要我用烏龍茶兌燒酒調飲料，所以我輕易就能把藥混在飲料裡。」

「你有安眠藥？」

「有。」

「為什麼？你為什麼會帶安眠藥到那裡去？」

「因為每次都是我分給他們四個。我在網路上買的，他們四個就從我這裡拿，不知什麼時候開始就變成這樣了。所以和他們見面的時候，我都會帶著安眠藥。」

「他們四個人經常服用安眠藥嗎？」

「是聽篠崎老師說安眠藥也有幫助才開始吃的，可是我自己很少吃。」

篠崎一臉痛苦：「我向你們提倡安眠藥的功用，不是為了要讓你們濫用。」

山吹說：「言語上的教誨，常無法照原意傳達。」

塚原要町田智也繼續說下去。町田說：「我知道把安眠藥混在酒裡，會非常有效。我混在飲料裡，他們喝了好幾口，不久就全都睡著了。我找出他們準備好的封箱膠，把門窗貼起來，在炭烤爐裡加了炭，開始收拾房間。留下任何東西都會有麻煩，我當時是這麼想的。」

「用過的杯子你都怎麼處理？」

「帶回家，塞在垃圾袋裡丟了。」

「封箱膠剩下的膠帶捲呢？」

「也一起丟進不可燃垃圾袋裡。」

「已經被回收掉了啊。」

聽塚原喃喃這麼說，西本便說：「回收業者這邊我來安排。」

西本拿著手機，到庭院去了。

「杯子和藥的包裝要是留在房子裡，也許早就被當作自殺處理了。」塚原低聲說。

町田智也說：「我把所有我碰過的東西都帶走了。我一定得這麼做，因為我太不安了。」

「不過，犯罪就是這麼一回事。」塚原說。

突然間，篠崎雄助大聲說：「事發當天，的確是我叫大家集合的。」

塚原看著篠崎：「你說什麼？」

「對不起！我怕被追究責任會有大麻煩，所以一直沒說。我想找他們五人來談談今後的事，可是我突然有急事，臨時取消。我和吉野聯絡，他說不知道來不來得及聯絡大家取消，於是我就說你們可以像上次那樣再辦一次烤肉。」

町田智也一臉不可思議地看篠崎：「那麼，吉野說篠崎老師要我們集合是真的囉？」

「是真的。」

「可是，他們連封箱膠都準備好了，是為了要封住門窗吧？」

篠崎雄助往額頭上一拍：「那封箱膠也是我的，用來打包放到那裡的雜誌和舊書，好拿去資源回收，後來就一直放在那裡。」

町田智也茫茫然說不出話來。篠崎雄助一臉苦澀地說：「你說他們想殺你，是你誤會了吧。他們覺得你很煩可能是真的，所以你才會疑神疑鬼。」

「可是，」町田智也說，「可是他們說要把我除掉啊。」

「每個人背地裡難免會開開這種玩笑吧。」

「怎麼會這樣……」町田智也半張著嘴，望著篠崎雄助。漸漸地，他眼中充滿了淚水，「啊啊啊啊啊……」無力地向前撲倒，放聲大哭。

阿久津昇觀說：「竟然這樣犯下了無可挽回的過錯。」

山吹悲哀地說：「這就是事件的真相，齒輪一點一點慢慢偏掉，只是這樣而已。」

好一會兒，誰都沒有開口，唯有町田智也的哭聲在本堂回響。

終於，川那部說了：「幹得好。」

百合根吃驚地朝川那部看。

川那部繼續說：「但是，照剛才那樣很難說服檢察官，得要有物證。本廳的搜查一課也來幫忙找出物證吧，我再跟你們聯絡。」川那部只丟下這幾句話，就站起來走出本堂。

百合根吃驚地望著他的背影。

「町田，覆水已難收，但是人必須要往前走，重要的是贖罪、重新來過。請你不要忘記禪修體驗中所得到的收穫。贖罪之後，如果你還想再參禪，這裡隨時都歡迎你。」山吹說。

町田智也哭個不停，不知道他有沒有把山吹的話聽進去。

應該有吧——百合根這麼想。

「請逮捕町田吧。」百合根對塚原說。

塚原看著百合根說：「可以算綾瀨署的業績嗎？」

百合根點點頭：「這本來就是綾瀨署的案子，你要是動作太慢，可是會被川那部檢視官把人搶走喔。」

「這可不是開玩笑的。」塚原拿出手機安排車輛。然後，他從阿久津、山縣、篠崎三人一一看過去。

「得再詳細請教各位一些問題，要請你們到署裡來一趟。」

沒有人有異議。

15

塚原和西本將町田智也帶回綾瀨署，阿久津昇觀、山縣佐知子、篠崎雄助也與他們同行。

百合根覺得整個人都虛脫了，坐在本堂裡，突然覺得寒意逼人。

ST的組員一直待在同樣的位置，黑崎和山吹在本堂中正座，赤城盤腿坐著，翠和青山則站在簷廊。

因誤會而殺人，真是個令人不勝唏噓的案子，百合根不禁感嘆。

「不過，」百合根對山吹說，「你很早就知道町田智也是兇手了吧？」

「沒有。」山吹平靜如常地說。

百合根吃了一驚：「可是，町田智也就是兇手，你不是說中了嗎？」

「那是在賭。被川那部檢視官這樣一激，我也火大了。」

百合根看著青山說：「你知道町田智也是兇手嗎？」

「我怎麼可能知道。」青山說，「我只是聽山吹說了以後，說明他是兇手的推理能夠成立的可能性罷了。」

「好險啊！」菊川說，「光靠可能性就賭了嗎？」

「這個嘛……」山吹說，「和他一起坐禪時感覺到了，應該是他不會錯，可是的確是沒有任何物證。」

「嚇死人了。」菊川說，「光是一起坐禪就知道。」

然而，百合根卻能懂。一坐禪，就能明白，這不是騙人的。山吹恐怕連町田智也的呼吸都瞭若指掌吧。因自己犯下的罪而害怕、恐懼、不安而震顫的人，他的呼吸透露著祕密。

「是虛張聲勢啦。」山吹說，「虛張聲勢也是和尚的必備技能之一。」

百合根對菊川說：「話說回來，川那部檢視官的態度轉變之快，真是驚人啊。」

「這就是政治啊，」菊川說，「他也滿辛苦的。」

顯得無聊得要命的青山說：「吶，我可以走了嗎？」

山吹說：「既然都來了，要不要坐個禪再走？」

「開玩笑，」赤城說，「沒事的話，我也要走了。」

「我才不要坐什麼禪呢！」翠說。

黑崎無言地站起來，顯然他也不打算坐禪。

菊川說：「我順路到綾瀨署去看看。」

「真可惜，」山吹說，「就快要真正地入冬了，本來是希望大家能幫忙砍柴的。」

「想壓榨我們的勞力？」赤城說，「這什麼和尚啊！」

山吹沉穩地微笑。

再多待一天也無妨啊，百合根真心這麼想。

娛樂系 040

ST警視廳科學特搜班：黃色調查檔案

作者 今野敏
譯者 劉姿君
責任編輯 王淑儀
美術設計 POULENC
書衣裡插畫 chocolate
內文排版 高嫻霖

發行人 林依俐
出版 青空文化有限公司
台北市大安區敦化南路二段105號10樓
讀者服務信箱：service@sky-highpress.com

總經銷 大和書報圖書股份有限公司
電話 02-8990-2588
印刷 前進彩藝有限公司
出版日期 2015年4月 初版一刷
2021年12月 二版一刷
定價 280元
ISBN 978-626-95272-0-5

國家圖書館出版品預行編目(CIP)資料

ST 警視廳科學特搜班：黃色調查檔案 / 今野敏著；劉姿君譯.
-- 二版. -- 臺北市：青空文化有限公司, 2021.12
256 面； 10.5 x 14.8 公分. -- (娛樂系；40)
ISBN 978-626-95272-0-5(平裝)
861.57 110017227

青空線上回函